Margarete von Schwarzkopf

Colonia Club
Das Schwert des römischen Verräters

Margarete von Schwarzkopf

DAS SCHWERT DES RÖMISCHEN VERRÄTERS

Droste Verlag

Für meine Kinder,

die eine ständige Quelle der Inspiration für mich sind.

Bibliografische Information der Deutschen Nationalbibliothek

Die Deutsche Nationalbibliothek verzeichnet diese Publikation in der Deutschen Nationalbibliografie; detaillierte bibliografische Daten sind im Internet über http://dnb.ddb.de abrufbar.

Umschlaggestaltung: Anne Wöstheinrich, Münster

Satz: Droste Verlag

Druck und Bindung: GGP Media GmbH, Pößneck

ISBN 978-3-7700-1364-7

www.drosteverlag.de

VERZEICHNIS DER RÖMISCHEN PERSONEN

Geist des Titus Aristus — Legionär, in der Varusschlacht gefallen

Marcus Caelius — Zenturio („Hundertschaftsführer"),
in der Varusschlacht gefallen

Marcellus Vincius — Veteran der Varusschlacht

Fabius Narvus — Veteran der Varusschlacht

Gaius Magnus — Veteran der Varusschlacht

Gaius Minor — junger Legionär, Sohn von Gaius Magnus

Iulius Ventius Decumius — ehemaliger Legionär,
Rom feindlich gesinnt

Lucius Aurelius Apollonius — ehemaliger Legionär,
Rom feindlich gesinnt

Nero — späterer Kaiser des Römischen Reiches

Agrippina — Tochter des Germanicus, Mutter Neros,
Frau des Kaisers Claudius

Seneca — römischer Philosoph, Erzieher und Lehrmeister Neros

NEU IN KÖLN

Christian sah, wie das Schwert immer näher kam – ein kurzes Schwert mit glänzender scharfer Schneide. An der Spitze klebte Blut. Das Blut schimmerte deutlich sichtbar, er konnte es sogar riechen – es roch wie Eisen.

Er versuchte zu fliehen, doch hinter ihm erhob sich eine Wand aus groben Steinen. Keine Tür, keine Nische – nichts. Es gab kein Entkommen. Gleich würde ihn das Schwert durchbohren … Den Träger konnte er im Dämmerlicht des riesigen Saales nicht richtig erkennen. Er sah nur, dass die schattenhafte Gestalt einen roten Umhang und einen Helm mit einem blutroten Helmbusch trug. Darunter blitzten schwarze Augen, die sich zu einem höhnischen Grinsen zusammenzogen. Christian stockte der Atem. Wäre er doch nie in diesen abgelegenen Saal gegangen, hätte er doch auf seine Tante gehört. Wenn er doch …

„Aufstehen! Schule!“ Mit einem Schlag war Christian wach. Er war nicht in dem Saal der Domus Aurea in Rom, dem Palast des Kaisers Nero, sondern er lag in seinem Bett in seinem Zimmer, das noch mit unausgepackten Umzugskartons zugestellt war.

Neben dem Bett stand sein Vater, groß, breitschultrig, schon fertig angezogen, mit einer Tasse Tee in der Hand. „So“, sagte er lächelnd. „Jetzt trink mal deinen Tee. Heute geht die Schule wieder los.“

Sofort fühlte Christian sich schwach und elend. Sein Magen zog sich zusammen, ihm trat Schweiß auf die Stirn. Schlagartig wurde ihm klar, dass heute sein erster Schultag in Köln war, dass er niemanden in seiner neuen Klasse kannte, und dass seine alten römischen Freunde Guido, Stefano und Federico jetzt Hunderte von Kilometern entfernt lebten – und im Gegensatz zu ihm noch vier Wochen Ferien hatten.

Und dann dieser Traum! Seit er mit seiner Tante Valeria vor drei

Wochen in der Domus Aurea in Rom gewesen war, kehrte der Albtraum immer wieder. In dieser Nacht war er schon zum fünften Mal allein in dem düsteren Saal umhergeirrt und von dem römischen Soldaten verfolgt und mit dem Schwert bedroht worden. Jedes Mal hatte Christian versucht in die Augen des Schwert schwingenden Mannes zu blicken und ihn zu fragen, wer er sei und weshalb er ihn bedrohe. Doch nie kam er dazu.

Der Traum lief immer nach demselben Muster ab: Christian befand sich in dem Saal mit der hohen Decke und dem mit Mosaiken verzierten Marmorboden. Immer wenn er sich gerade bücken wollte, um einen genaueren Blick auf die Mosaike zu werfen, stürmte aus dem Dunkel dieser Mann auf ihn zu und hob sein blutbeflecktes Schwert. Dabei gab er schwer verständliche Wörter von sich, von denen Christian, der fließend Italienisch sprach und seit zwei Jahren Latein lernte, nur die Worte *inimicus* für Feind und *nex* für gewaltsamen Tod verstand.

Jedes Mal versuchte Christian zu fliehen und stieß mit dem Rücken gegen eine undurchdringliche Mauer. Doch damit fand der Traum auch ein rasches Ende: Der Soldat kam nie dazu, sein Schwert zu gebrauchen. Aber Christian fühlte immer wieder diese panische Angst in sich aufsteigen. Auch diese Nacht.

Erleichtert schlürfte er den heißen Tee, den sein Vater ihm wie jeden Morgen ans Bett gebracht hatte. Christian musste sich eingestehen, dass er Angst vor dem heutigen Tag hatte, Angst vor der neuen Schule, vor der Klasse, vor allem.

Vor sieben Tagen waren sie nach Köln gezogen, er und sein Vater, der vier Jahre lang als Archäologe in Rom und Umgebung in Abwasserkanälen nach geschichtlichen Relikten geforscht hatte. Jetzt hatte man ihn nach Köln gerufen, wo eine U-Bahn quer durch die Stadt gebaut wurde, und er, ähnlich wie in Rom, in den Tiefen der Unterwasserkanäle Überreste aus vergangenen Zeiten entdecken sollte.

Christian hatte Rom schweren Herzens verlassen. Sein Vater hatte versucht ihn damit zu trösten, dass auch Köln eine lange Geschichte habe und berühmt für seine römische Vergangenheit und seine Weltoffenheit sei. Christians Mutter sollte ein halbes Jahr später nachkommen. Sie war ebenfalls Archäologin und Kunsthistorikerin und erarbeitete gerade einen neuen Katalog über die antiken Bestände der vatikanischen Sammlungen. Rom war ihre Heimat, da sie dort als Tochter eines deutschen Vaters und einer italienischen Mutter geboren worden war.

Christian war mit seinem Vater bereits jetzt umgezogen, in eine große Wohnung in der Nähe des Rheins. Wenigstens hatte er hier ein geräumigeres Zimmer als in Rom, wo er in einem kleinen Appartement in Trastevere auf der anderen Seite des Flusses Tiber gelebt hatte. Und er hatte einen sehr kurzen Schulweg, wogegen er in Rom immer sehr lange unterwegs gewesen war. Hier musste er mit dem Fahrrad gerade mal zehn Minuten fahren.

Seine Tante Valeria vermisste er sehr. Sie hatte mit ihm vor drei Wochen in Rom die Domus Aurea, Neros einstigen Palast, besucht. Christian fand die Vorstellung, dass hier einer der berüchtigtsten römischen Kaiser gelebt hatte, total spannend. Er hatte Nero bisher nur aus *Quo Vadis* gekannt, einem Film, den er zu Weihnachten im Fernsehen gesehen hatte. Der Kerl hatte ziemlich durchgeknallt gewirkt und schrecklich schief zu einer Laute gesungen, an deren Saiten er mehr schlecht als recht herumzupfte, während Rom abbrannte. Eine Wahnsinnsgeschichte! Seitdem interessierte sich Christian wesentlich mehr für das alte Rom als zuvor.

Christian war überrascht, als sein Vater ihm erzählte, dass ausgerechnet die Mutter dieses Kaisers, Agrippina Minor, viel dazu beigetragen hatte, dass Köln zu einer richtigen Stadt ausgebaut worden und nicht nur eine kleine Siedlung am Rhein geblieben war.

Sein Vater drängte jetzt: „Los, wenn ich dich noch zur Schule bringen soll, dann aber dalli!“ Er musste in sein Büro in der Nähe des Doms, mittags wollten sie sich in der Stadt treffen.

Christian stieg in Vaters neuen Wagen, einen blauen Passat. Jetzt gab es kein Zurück mehr. Genau vier Minuten später hielt sein Vater vor der

Schule an, in die mit Gelärme Hunderte von Kindern und Jugendlichen strömten. „Mach's gut, Großer", sagte er und schlug Christian liebevoll auf die Schulter. „Und denk' daran – um 13 Uhr sehen wir uns dann in der Stadt. Am besten vor dem Eingang des Römisch-Germanischen Museums."

Ein kurzes Nicken, Vater lächelte aufmunternd, und weg war er. Etwas unschlüssig stand Christian vor dem Eingang der Schule.

„Na, neu hier?", fragte eine Stimme mit dem typischen rheinischen Singsang. Christian sah eine kleine Frau von etwa fünfzig Jahren mit dichten, ganz offensichtlich rötlich gefärbten Locken. Sie lachte ihn an. „Das sehe ich doch, dass du ein Neuer bist. Wahrscheinlich siebte oder achte Klasse, oder?"

„Achte Klasse", antwortete Christian, „bei Herrn Meister."

„Ach ja, die 8b. Meister, Deutsch und Geschichte. Ich bringe dich schnell hin. Wie heißt du denn eigentlich?"

Christian wurde rot. „Christian Ferber", sagte er schnell.

„Der aus Rom?"

Oh je, hatte sich das schon herumgesprochen?

„Ja, aus Rom, von der Deutschen Schule", beeilte sich Christian zu sagen.

„Ist ja gut! Ich bin übrigens die eine von den beiden Schulsekretärinnen, Anneliese Burmann. Wenn du mal krank bist oder irgendetwas nicht in Ordnung ist, dann melde dich einfach bei mir."

Nach diesen Worten marschierte sie energisch voraus, und Christian lief hinterher, sich etwas mühsam durch das Gedrängel der anderen Schüler seinen Weg bahnend. Vor einer Tür mit der Zahl 8 und einem dicken b blieb Anneliese Burmann stehen. „So, da ist es! Keine Angst, die fressen dich nicht! Oder fühlst du dich wie ein Christ, der im Kolosseum den Löwen vorgeworfen werden soll?", grinste sie, in Anspielung an Christians römische Vergangenheit.

Christian schüttelte den Kopf, sagte leise „Vielen Dank!" und betrat den Klassenraum. Zweiundzwanzig Augenpaare wandten sich ihm wie auf einen geheimen Befehl hin zu. Christian fühlte, wie ihm das Blut in die Wangen schoss. ‚Mist!', dachte er. ‚Das fühlt sich tatsächlich so an, als ob man den Löwen vorgeworfen wird.'

„Ah, der Neue!", ertönte eine tiefe Stimme. Christian sah einen kleinen, etwas rundlichen Mann mit Halbglatze auf sich zukommen.

„Schön, dass du da bist, Christian. Dann setze dich gleich mal neben Valentin an den Tisch am Fenster."

Das musste Ernst Meister sein, der Klassenlehrer, kombinierte Christian messerscharf. Ehe er antworten konnte, hatte Meister ihn schon zu seinem Platz geführt. Valentin entpuppte sich als dünnes Kerlchen mit blonden Locken und breitem Grinsen, das Christian zuraunte: „Na denn viel Glück!"

Alle Schüler, vierzehn Jungen – Christian mitgezählt – und neun Mädchen, setzten sich, und Ernst Meister räusperte sich. „Nun, die meisten kennen sich ja noch aus dem letzten Schuljahr, wobei Britta Herbst und Jürgen Hansen es ja leider vorgezogen haben, die Siebte noch mal zu wiederholen", begann er. „Neu in der Klasse sind aus der vorigen Acht Max Peters und Lukas Felix. Ja, und dann haben wir hier noch Christian Ferber, der direkt aus der Ewigen Stadt zu uns gekommen ist, aus Rom. Willkommen!"

Vor Christians geistigem Auge tauchte plötzlich der römische Soldat mit seinem blutigen Schwert auf. Warum, wusste er nicht. So schrecklich war Ernst Meister auf den ersten Blick doch gar nicht, und er hatte auch keinerlei Ähnlichkeit mit dem römischen Soldaten.

Auf einmal wurde Christian schwindelig, und er hatte das Gefühl, dass er umkippen würde. Er atmete tief durch und versuchte sich wieder auf den Lehrer zu konzentrieren, der jetzt vorne an der Tafel stand und mit großen Buchstaben schrieb: *Themen für den Geschichtsunterricht 8b.*

Valentin seufzte: „Hoffentlich nicht wieder Mittelalter. Das hatten wir in der Sechs. All diese Kaiser und so!"

Meister drehte sich kurz um und sagte streng: „Ich bitte um Ruhe. Geschichte ist ein wichtiges Fach, auch wenn einige von euch das immer noch nicht kapiert haben. Wer die Vergangenheit nicht kennt, wird weder die Gegenwart noch die Zukunft in den Griff bekommen!"

„Sagt mein Vater auch immer", murmelte Christian und verdrehte die Augen.

Ernst Meister setzte die Kreide wieder an und schrieb: *Römische Kaiserzeit – Augustus bis Marc Aurel.* Darunter fügte er schwungvoll hinzu: *Kölner Stadtgeschichte.*

„Weiter werden wir bis zu den Zeugnissen im Januar nicht kommen", sagte der Lehrer. „Für euch vielleicht noch ganz spannend: Die Varusschlacht im Jahre 9 ist auch eines der Themen. Sie war ja aufgrund ihres 2000-jährigen Jubiläums im letzten Jahr ständig in allen Medien."

„Manno, schon wieder Rom", hörte Christian jemanden flüstern. Es war ein Mädchen, das schräg hinter ihm saß. Sie sah ganz nett aus, fand Christian, der mit Mädels bisher nicht viel hatte anfangen können. Sie erinnerte ihn mit ihren blauen Augen, den widerspenstigen Haaren und den Sommersprossen an Pippi Langstrumpf.

„Wer ist denn das?", fragte er Valentin.

„Ach, du liebe Güte! Das ist unser Klassenclown, Emma Mertin. Die ist immer so gut drauf, dass man meinen könnte, es gebe nichts in ihrem Leben, was mit Schule zu tun hat", grummelte Valentin.

Ernst Meister wandte sich der Klasse zu. „Christian sollte uns mal etwas über Rom erzählen", sagte er. „Immerhin hat er ein paar Jahre dort gelebt. Da Rom unser Thema sein wird, kannst du ein bisschen von der Stadt berichten, oder?"

Christian spürte, wie alle ihn anstarrten, vor allem diese Emma mit ihren knallblauen Augen. Er räusperte sich. „Ja, also", fing er an. Emma kicherte. „Also, ja, also, ich habe in Trastevere gelebt und bin jeden Tag in die Deutsche Schule an die Via Aurelia Antica gefahren." Während Christian dies sagte, spürte er unvermittelt wieder die Panik aus seinem

Traum. Einen Augenblick lang verschlug es ihm den Atem, denn er sah, wie er gegen die Wand gedrückt wurde, das Schwert direkt vor sich. Was sollte das denn jetzt? Wieso musste er ausgerechnet in diesem Augenblick daran denken?

„Ja, und dann waren wir viel unterwegs in der Stadt", sagte er mit gepresster Stimme, „und vor Kurzem sogar in der Domus Aurea, die mal Kaiser Nero gehört hat, beziehungsweise die er erbaut hat."

„Das ist ein gutes Stichwort", unterbrach ihn Ernst Meister. „Die Mutter von Nero war die Tochter des Germanicus und hat dafür gesorgt, dass aus dem unbedeutenden Köln eine richtige Stadt wurde. Darüber werden wir in einer der nächsten Stunden ausführlicher reden, und dann kannst du, Christian, etwas mehr über Nero und seinen ehemaligen Palast erzählen."

Der Rest der Stunde verging rasch, und auch die anderen Stunden, in denen Christian den Mathematiklehrer Hans Reuter, die Englischlehrerin Angela Neuburg und vor allem den Lateinlehrer Herbert Obermayer, der Latein mit bayerischem Akzent sprach und eindeutig aus München stammte, kennenlernte.

Als er seinen Vater um 13 Uhr vor dem Römisch-Germanischen Museum traf, wollte dieser vor allem eines wissen: „Wie sind deine neuen Klassenkameraden?"

Dazu konnte Christian noch nicht viel sagen. In der Pause hatte er fast alleine gestanden, weil die meisten Jungen hinter Paul Radtke hergelaufen waren, der offenbar das Sagen hatte. Und keiner hatte Christian gefragt, ob er mit ihnen Fußball spielen wollte. Selbst Valentin war seiner Wege gegangen, und die freche Emma hatte sich mit den anderen Mädchen verkrümelt.

Nur der Lateinlehrer war kurz zu ihm gekommen und hatte gesagt, dass er wahrscheinlich in Rom schon etwas mehr Latein gelernt hätte als seine Klassenkameraden. „Und da du Italienisch kannst, wird dir das alles sicher nicht schwerfallen", hatte der Lehrer behauptet. Dann war er weitergegangen, und Christian hatte sich alleine auf einen Stein im Schulhof gesetzt.

Sein Vater lächelte tröstend. „Das wird schon! Der erste Tag ist immer schwer. Komm, lass uns am Rhein ein nettes Lokal suchen und was Gutes essen."

Christian fragte gar nicht erst, wie es seinem Vater ergangen war. Er war schließlich derjenige, der die Schuld daran trug, dass Christian nun nicht mit seiner Tante in deren Ferienhaus in der Toskana Urlaub machen konnte. Wäre er jetzt in Rom, könnte er noch vier Wochen seine Ferien genießen und müsste nicht in einer fremden Stadt ohne Freunde herumsitzen. Christian schluckte voller Selbstmitleid. Er war müde, wütend und fühlte sich einsam. Aber er wollte sich nicht unterkriegen lassen, er würde schon bald Freunde finden!

In dieser Nacht träumte Christian nicht von dem finsteren Römer mit dem blutigen Schwert, sondern von Emma, die ihm erklärte, dass alle Römer doof seien, nur er sei okay. Wenn das nicht ein vielversprechender Anfang war!

EINE BESONDERE BEGEGNUNG

Die nächsten Tage verliefen ohne besondere Ereignisse. Christian gewöhnte sich langsam an seine neue Schule, lernte seine Lehrer kennen, von denen er vor allem den Lateinlehrer mochte und die Englischlehrerin, Frau Neuburg. Aber er fühlte sich immer noch etwas einsam.

Valentin war kein sehr spannender Banknachbar. Meistens hatte er irgendein Comic-Buch unter seinem Tisch oder fuhr sich mit seinen dünnen Fingern durch die strähnigen Haare, kaute am Bleistift und grunzte während des Unterrichts, egal, in welchem Fach.

Emma lächelte ihn zwar manchmal freundlich an, verschwand aber in der Pause und nach der Schule immer mit ihrer Mädchengruppe, darunter die hübsche Jasmin. Gerne hätte Christian mal mit ihr geredet, doch irgendwie kam er nicht dazu.

Und dann war da noch Lukas, der Christian an Harry Potter erinnerte, mit seiner Brille und den strubbeligen Haaren. Lukas verkrümelte sich immer sehr schnell nach der Schule, und in den Pausen sah man ihn oft mit einem kleineren Mädchen zusammenstehen, seiner Schwester Iris. Ein paarmal hatte er zwar mit Christian über dies oder das geredet, aber immer nur kurz und knapp.

Auch die anderen Jungen verhielten sich eher abwartend, wenn nicht sogar abweisend. Das sollte nun das lebendige, weltoffene Köln sein, von dem sein Vater immer gesprochen hatte! „Hier ist keiner lange alleine", hatte der getönt, „in Köln ist jeder willkommen."

In der Pause durfte er zwar inzwischen bei Pauls Gruppe mitkicken, aber nur wenn neben Pauls engster Clique auch andere Mitschüler dabei waren. Christian konnte gut Fußball spielen – das hatte er in Rom gelernt. Aber nach der Schule hatte er das Gefühl, ziemlich alleine zu sein. Er fuhr nach Hause, erhitzte sein Essen in der Mikrowelle, machte Hausaufgaben, schrieb E-Mails nach Italien, telefonierte mit seiner Mutter, die aber oft nur wenig Zeit hatte, da sie immer auf dem Sprung in ihre Bibliothek war, und fuhr manchmal an den Rhein, um am Ufer zu sitzen und den Lastkähnen auf dem grüngrauen Wasser zuzusehen. Das Wetter war auch nicht besonders toll. Er verspürte wenig Lust, alleine in die Stadt zu gehen. Wenigstens schlief er fest und träumte nicht von blutigen Schwertern.

Die erste Woche war vorüber und sein Vater hatte beschlossen, mit Christian einen Ausflug zu machen. Er war etwas enttäuscht, dass sein Sohn noch keine Freunde gefunden hatte, und wollte ihn ablenken.

„Wie ist denn dein Banknachbar?“, fragte er Christian.

„Och, Valentin. Der ist ganz nett, aber ziemlich lahm. Und der sitzt den ganzen Tag zu Hause vor dem Computer.“

Das hatte ihm Valentin zumindest erzählt. „Computerspiele sind das Tollste!“, hatte er posaunt. „Viel besser als Fußball. Ich hab ungefähr fünfzig Spiele und noch viel mehr für meine Playstation.“

„Die anderen Jungs haben irgendwie keine Lust, mich mal nach der Schule zu treffen“, sagte Christian.

Der Vater sah ein wenig bestürzt aus. So kannte er Christian gar nicht, der in Rom immer einen großen Freundeskreis um sich gehabt hatte. „Es wird Zeit, dass wir etwas dagegen tun, dass du hier immer nur herumsitzt“, meinte er an diesem ersten Samstagmorgen nach Schulbeginn. „Ich habe dich ab nächstem Monat im Tennisclub angemeldet, mit Trainerstunden und dem ganzen Zeugs, und heute fahren wir nach Bonn ins Landesmuseum und sehen uns mal die römischen Schätze dort an.“

„Warum gehen wir nicht einfach hier ins Römisch-Germanische Museum, wenn wir schon ins Museum gehen?“, fragte Christian, der sich aber insgeheim auf den Ausflug mit seinem Vater freute.

„Erstens ist dort ja fast mein Büro und da will ich nicht noch in meiner Freizeit hin, und zweitens hat dein Klassenlehrer mir gesteckt, dass ihr in der nächsten Woche ins Römisch-Germanische Museum gehen werdet. Deshalb fahren wir heute nach Bonn", erklärte Christians Vater und räumte das Geschirr in die Spülmaschine.

Christian sah ihm nachdenklich zu. Irgendwie kam ihm alles seltsam vor – er in Köln mit dem Vater, die Mutter weit weg in Rom, diese Trennung, dieser überstürzte Umzug. „Sag mal, kommt Mama eigentlich wirklich bald hierher?"

Der Vater hielt mitten im Einräumen des Bestecks inne. „Warum denn nicht?", fragte er verwirrt.

„Ach, es kommt mir so vor, als wären wir jetzt eine getrennte Familie, und ihr beide macht euer Ding."

Der Vater seufzte. „Ich sehe ein, dass das alles ein bisschen danach aussieht. Aber Mutter ist im Oktober oder im November mit dem Katalog fertig, und dann kommt sie garantiert nach Köln. Wir haben uns nicht getrennt oder so. Nur ist es zurzeit mit unseren Berufen schwierig. Und ich konnte doch diesen Job nicht ablehnen! Du weißt gar nicht, wie wenig gute Stellen es für einen Archäologen mit meiner Sonderausrichtung gibt. Und in Köln schläft die Konkurrenz nicht." Christian nickte. Er verstand seine beruflich stark engagierten Eltern beide zwar recht gut, aber manchmal war es nicht leicht für ihn.

„Komm, mach nicht so ein Gesicht! Wir sind spätestens zu Weihnachten wieder eine Familie", sagte der Vater. „Los geht's, und nächsten Mittwoch beginnt dein Tennisunterricht. Du wirst sehen, das wird schon noch alles! In dem Tennisclub gibt es sicher viele nette Typen."

Christian nickte. Es konnte nur besser werden. Er folgte seinem Vater auf die Straße und stieg ins Auto ein.

Dreißig Minuten später hielt Christians Vater vor dem Rheinischen LandesMuseum in der Bonner Colmantstraße. Das großzügige moderne Gebäude beeindruckte Christian. Er hatte schon viele Museen gesehen, da seine Eltern ihn bereits früh zu allen möglichen Kunst- und Kulturveranstaltungen mitgeschleppt hatten. Aber dieses helle Haus gefiel ihm auf Anhieb.

Sein Vater steuerte die Kasse an, zeigte einen Ausweis und wurde, ohne zu zahlen, gleich durchgewinkt.

Christian folgte seinem Vater durch die Räume, vorbei an den Zeitzeugen vieler Jahrhunderte, von der Frühzeit bis zur Antike. „Die Römer haben schon früh das Rheinland erobert, und gleich kommen wir zu einem ganz besonderen Relikt aus dieser frühen Römerzeit", verkündete der Vater so stolz, als habe er selbst die Ausgrabungen geleitet.

Dann stand Christian vor einem Grabstein, auf dem ein römischer Offizier abgebildet war, zu erkennen an seinen Ordensscheiben und an einem Stab in seinen Händen.

„Das ist Marcus Caelius", erklärte der Vater. „Er war ein ranghoher Offizier der 18. Legion, die zu den drei Legionen gehörte, die in der Varusschlacht im Jahre 9 aufgerieben wurden. Der Cherusker Arminius, der sein Handwerk bei den Römern gelernt hat, wollte selbst Herr über bestimmte Teile von Germanien werden und hat einen Aufstand gegen Rom geplant. Er hat die 17., 18. und 19. römische Legion durch häufige Überfälle und Attacken auf ihrem Weg von ihren Sommerquartieren in ihr Winterlager dezimiert und sie dann in einer entscheidenden Schlacht vernichtet. Wahrscheinlich war das bei Kalkriese, in der Nähe von Osnabrück. Aber vieles über diese Schlacht ist immer noch unerforscht. Ziemlich sicher ist aber, dass dieser Offizier hier, Marcus Caelius, damals gefallen ist." Der Vater hielt inne und betrachtete den Grabstein fast liebevoll.

Christian starrte das steinerne Bildnis des Offiziers mit einem merkwürdigen Kribbeln im Magen an. Laut Inschrift war dieser ranghohe Offizier im Alter von 53 Jahren gestorben. Er stammte aus Bologna, und sein Sohn Publius hatte ihm diesen Grabstein errichtet, den man 1638 in der Nähe von Xanten bei Wesel am Niederrhein wiederentdeckt hatte.

Plötzlich wurde Christian schwindelig. Er glaubte ein Dröhnen in seinen Ohren zu hören, ein metallisches Klirren, das Schnauben von Pferden, einen gellenden Schrei, einen dumpfen Schlag. Er taumelte.

„Was ist?", fragte sein Vater besorgt.

„Nichts“, stammelte Christian. Mit zitternden Knien sah er sich nach einer Bank um. Auf einmal war ihm kalt, und er bekam keine Luft.

Christian starrte den Offizier auf der Grabplatte an. Was war das? ‚Ich werde verrückt!‘, dachte Christian entsetzt. Er hatte das sichere Gefühl, dass ihm der steinerne Mann zugeblinzelt hatte. Das konnte doch wohl nicht sein! Es musste ein Schatten gewesen sein, der über das Gesicht auf dem Grabstein gehuscht war, oder pure Einbildung. Ein Stein konnte nicht blinzeln. Christian glaubte an solche Dinge nicht. Auch nicht an blutende Heiligenstatuen, wie es sie in Italien häufig gab. Oder an Statuen, die weinten.

Aber er hatte es ganz deutlich gesehen: Marcus Caelius hatte ein Auge zugedrückt und ihn angeblinzelt. Christian hatte für einen Moment deutlich gespürt, dass Marcus Caelius mit ihm in Kontakt getreten war.

Allmählich bekam er einen Römerwahn! Erst die Träume von einem blutbedeckten römischen Kurzschwert und nun ein blinzelndes Grabbild. Christian schnaubte. „Ich sehe Gespenster“, dachte er und schloss die Augen.

Sein Vater beugte sich besorgt über ihn und fasste ihn an der Schulter. „Geht’s wieder? Willst du was trinken? Gleich hier im Museum ist ein Restaurant, da gebe ich dir erst mal eine Cola aus.“

Christian nickte. Gute Idee. Plötzlich wollte er nur noch fort von all den Zeugen einer fernen Vergangenheit, den Waffen und den Reliefen, den Statuen und den Rüstungen. Er musste raus an die frische Luft, nur raus, und alle Römer, ob tot oder lebendig, weit hinter sich lassen.

Beim Hinausgehen konnte er nicht widerstehen und drehte sich noch einmal zu Marcus Caelius um, diesem stummen Zeugen einer Schlacht, die vor über 2000 Jahren für das mächtige Römische Reich eine Scharte bedeutet hatte, die Rom nur langsam auswetzen konnte. Und er sah, wie der steinerne Marcus Caelius ihm – ganz eindeutig und klar sichtbar – zulächelte. Wobei es ein seltsames Lächeln war, eine Mischung aus Aufmunterung und Spott und etwas, das Christian nicht benennen konnte.

Plötzlich erstarrte die Miene zu einer finsteren Grimasse, und die Augen zogen sich zu einem Schlitz zusammen. Doch so rasch dieser Ausdruck gekommen war, verschwand er auch schon wieder. Zurück blieb das steinerne Gesicht eines Mannes, der vor über 2000 Jahren getötet worden war.

Mit einem erschrockenen Aufschrei stolperte Christian hinter seinem Vater her, der nichts von dem Entsetzen und der Verwirrung seines Sohnes bemerkt hatte. Fast hätte Christian eine dicke kleine Frau mit ihren drei Enkelkindern umgerissen. „Der hat wohl ein Gespenst gesehen", flüsterte eines der Kinder.

‚Wie wahr', dachte Christian und ließ sich im Restaurant auf einen Stuhl plumpsen. Selbst die Cola, die sein Vater ihm spendierte, schmeckte ihm plötzlich nicht mehr.

FEINDE UND VERBÜNDETE

Montagmorgen. Christian schob sich mühsam aus seinem Bett. Regen. Grauer Himmel. Und das im August. Die Erlebnisse von Samstag lagen ihm noch immer im Magen, obgleich er versucht hatte, diese Eindrücke zu verdrängen. Denn das konnte nur Einbildung gewesen sein! Sein Vater war wie immer in der Küche und brühte sich einen teuflisch starken Espresso. Christian hatte gar nicht gemerkt, dass sein Vater ihm den üblichen Tee ans Bett gebracht hatte. Der war nun eiskalt.

„Beeil dich bitte“, sagte der Vater. „Ich muss los. Wir graben heute an einer besonders interessanten Stelle. Mal sehen, ob dabei endlich was aus der römischen Zeit ans Tageslicht kommt.“

Christian grunzte nur. Ihm war es echt egal, ob sein Vater noch eine römische Münze fand oder noch eine Keramikscherbe oder noch einen Holzsplitter von irgendwelchen alten Hafenanlagen.

Letzte Nacht hatte er wieder diesen sonderbaren Traum gehabt: Diesmal war der Saal in der Domus Aurea von einem finsteren Waldstück abgelöst worden, unter dessen dunklen Bäumen er gewandert war. Da stürzte sich auf einmal diese Gestalt auf ihn, wieder mit dem blutigen Schwert in der Hand. Ihre Augen blitzten schwarz und bösartig. Christian war zurückgewichen und mit dem Rücken gegen einen Baumstamm gestoßen. Er kam nicht weiter, und der Mann mit dem Schwert warf sich auf ihn ... In diesem Moment war Christian aufgewacht, schweißgebadet. ‚Varusschlacht‘, dachte er sofort.

Am Sonntag hatte er versucht, durch Surfen im Internet mehr über den Offizier und seinen Grabstein im Bonner Museum zu erfahren, dann aber doch lieber einen Film gesehen – *Der Herr der Ringe III* – und später beim Abendessen seinem Vater von seinen Nachforschungen berichtet.

Der lächelte nur, sagte: „Prima, dass dich so etwas interessiert. Kannst ja später Geschichte studieren", und verzog sich nach dem Essen sofort in sein Arbeitszimmer.

Als Christian eine Minute vor dem Schulgong das Klassenzimmer betrat, sah er gleich, dass es eine Veränderung gab: Da, wo Valentin gesessen hatte, hockte plötzlich ein Mädchen. Christian war überrascht und ärgerlich. Was wollte die denn da?

Doch schon stand Herr Meister neben ihm und sagte: „So, Christian, ich habe mir gedacht, dass du als Neuling in der Klasse vielleicht Spaß daran hättest, eine andere Neue zu betreuen. Laura ist aus Berlin hierher gezogen und kennt auch noch nicht so viele andere Kinder an der Schule."

Ganz schön untertrieben! Laura kannte wahrscheinlich niemanden, war sie doch offenbar gerade erst nach Köln gekommen und nicht einmal pünktlich zum Schulanfang da gewesen.

Christian nickte nur und setzte sich auf seinen Platz. Valentin saß nun in der letzten Reihe neben Emma und blinzelte Christian zu. Die Neue lächelte Christian freundlich, aber schüchtern an und sagte: „Tut mir leid, wenn dein Freund jetzt woanders sitzen muss. Aber Herr Meister wollte das so."

Christian antwortete rasch: „Das war nicht mein Freund. Nee, ist schon gut!" Er schielte von der Seite zu Laura hinüber. Sie war eher klein, trug ziemlich abgewetzte Jeans, hatte braune kurze Haare, ein nettes, aber nicht besonders auffälliges Gesicht mit sehr blauen Augen. Sie sah eher durchschnittlich, jedoch sympathisch aus. Christian war erleichtert. So eine Schönheitskönigin wie Jasmin hätte er nur ungern neben sich gehabt. Mit Laura würde es schon klappen.

Ernst Meister verkündete, dass am nächsten Tag der Ausflug ins Römisch-Germanische Museum stattfinden würde. Treffpunkt: die Straßenbahnhaltestelle am Rheinufer, neun Uhr. Laura wandte sich an Christian: „Wo ist denn das?"

„Wo wohnst du denn?“

„Auf dem Römerberg.“

„Och, das ist bei mir um die Ecke und nah am Ufer. Ich hole dich ab, wenn du willst“, sagte Christian und fragte sich im selben Moment, wie er denn auf diese Idee gekommen war. Aber Laura wirkte irgendwie hilflos und einsam – genau wie er sich im Grunde auch immer noch fühlte.

Am nächsten Tag begrüßte sie im Museum eine kleine energische Frau mit kurzen Haaren, die sich als Frau Dr. Hebert-Glück vorstellte. Sie war Archäologin und ihre Museumsführerin. Christian hörte nur mit halbem Ohr zu, als die Dame von der Gründung des Museums und den dort aufbewahrten Objekten berichtete.

Er hatte in einer Vitrine mit Waffen ein Schwert entdeckt, das seine Aufmerksamkeit stärker fesselte als die Ausführungen der Archäologin. Vorsichtig trat er näher. Vier Messer und ein Schwert lagen dort.

Die Scheide des kurzen Schwertes, typisch für die Waffen der Legionäre, sah noch immer scharf und sehr spitz aus. Und war das nicht ein Tropfen getrocknetes Blut an der Spitze? Das Schwert sah genauso aus wie das aus seinen Träumen. Aber das war keine Überraschung, glichen sich doch in seinen Augen diese kurzen Schwerter der Legionäre wie ein Ei dem anderen.

Aber klebte da wirklich noch Blut an der Schwertspitze? Sicher nicht. Christan riss sich zusammen. Auch wenn das Schwert ihn an seinen Traum erinnerte, würde man wohl kaum in einem Museum Schwerter mit Blut daran verwahren.

„… und nun kommen wir zu der Vitrine mit den Überresten einiger Grabsteine aus dem ersten Jahrhundert“, sagte Frau Hebert-Glück gerade. Sie wies auf einen Steinbrocken. „Seht ihr, was da steht?“

Christian trat näher und studierte den faustgroßen Stein, auf dem etwas in Latein gemeißelt war. „Das ist kein korrektes Latein“, bemerkte er laut.

Alle starrten ihn an. „Wie bitte?“, fragte Frau Herbert-Glück. „Was hast du gesagt?“

„Das ist fehlerhaftes Latein“, antwortete Christian. „Da steht ein Dativ statt eines Genitivs.“

Frau Hebert-Glück sah genauer hin. „Du hast recht“, sagte sie nach einer kleinen Weile. Sie wandte sich an die Klasse. „Ihr habt offenbar einen sehr guten Lateinunterricht“, bemerkte sie.

Doch seine Klassenkameraden sahen ihn nur betreten an. „Angeber“, murmelte Paul. „Klugscheißer“, ergänzte Max Reichert.

Ernst Meister räusperte sich. „Nun ja, das war ja auch das Grab eines einfachen Soldaten, und damals wie heute war und ist Grammatik nicht nur im Lateinischen ziemlich schwierig. Wir verwenden ja auch im Deutschen häufig den Genitiv falsch.“

Frau Hebert-Glück warf Christian einen Blick zu und fragte dann: „Woher hast du deine Kenntnisse?“

„Mein Vater ist Archäologe.“

Frau Hebert-Glück nickte. „Ja dann!“, sagte sie nur und führte die Klasse weiter.

Christian blieb zurück. ‚Idioten‘, dachte er bei sich. Er fühlte sich wieder einmal unglücklich und ausgeschlossen. Da trat Laura auf ihn zu. „Ich finde es echt cool, dass du das mit dem Genitiv gesehen hast“, meinte sie.

„Die anderen fanden mich gerade richtig doof.“

„Ach ja? Lass sie doch! Das ist nur Neid.“

Etwas getröstet folgte Christian seiner neuen Schulkameradin. Laura war okay. Lukas nickte ihm auch zu, und da überkam Christian der Wunsch, mit den beiden gemeinsam etwas Besonderes zu erleben. Er flüsterte Lukas zu: „Vielleicht können wir demnächst ja mal auf unterirdische Schatzsuche gehen!“

Ehe er Lukas, der ihn fragend ansah, genauer erklären konnte, was er meinte, zog die Schülergruppe weiter und hielt zwischen einigen Sarkophagen an, über die Frau Hebert-Glück ausführlich berichtete. Christian hörte nur mit halbem Ohr hin. Er wollte noch einmal zurück zu der Vitrine mit dem Schwert und suchte nach einer Möglichkeit, unauffällig dorthin zu gehen. Er flüsterte Laura zu: „Muss mal aufs Klo, falls jemand nach mir fragt." Vorsichtig und möglichst leise ging er rückwärts durch den Raum.

Er war nur wenige Schritte weit gekommen, da spürte er etwas Spitzes im Rücken. Hinter einem Sarkophag hatten ihm Paul und Max aufgelauert. Peter und Hendrik, die beiden anderen Gefolgsleute von Paul, standen in der Nähe herum, offenbar als Bodyguards.

„He, was soll das?", rief Christian leise.

„Dreh dich langsam um, sonst piekse ich dich mit meinem echt römischen Schwert", flüsterte Paul. „Und zwar mit genau so einem wie dem, das du vorhin so lange angeglotzt hast."

„Echt römisches Schwert? Du hast doch 'ne Meise!" Christian drehte sich um und Paul stupste ihn mit seinem *echt* römischen Schwert aus Holz. „Stammt unten aus dem Museumsladen. Sieht doch echt aus, oder?", grinste er. „Und jetzt, Freundchen, der du doch immer alles besser weißt, machen wir einen kleinen Ausflug."

„Wie denn? Meister wird merken, dass ihr nicht da seid!"

„Ach, der! Dem habe ich gesagt, ich müsste mal dringend telefonieren, weil ich heute einen Arzttermin habe und vergessen hätte, wann der ist. Wir haben ein paar Minuten. Und mehr brauche ich nicht."

Paul schob Christian vor sich her, bis zu einem großen Sarkophag, der etwas abseits von den anderen in einer Ecke stand. „Steig da hinein", befahl er mit ruhiger Stimme.

„Bist du bekloppt?", rief Christian, mehr erstaunt als entsetzt.

„Quatsch! Du kletterst jetzt da hinein – und dann sehen wir weiter", grinste Paul. „Du bist doch so ein Römerfan. Da muss es doch spannend für dich sein, mal zu spüren, wie das ist, in einem alten Steinsarg zu liegen." Paul stieß Christian wieder an, und diesmal gesellte sich auch Max dazu, der für sein Alter ungewöhnlich groß war. „Max kann dich auch hineinheben", schlug Paul mit einem hämischen Grinsen vor.

Christian schaute sich verzweifelt um. Aber von seiner Klasse war nichts mehr zu sehen. Und ehe er sich versah, hatten ihn Paul und Max gepackt und mit Schwung in den leeren Sarkophag geschubst.

Der Sarkophag hatte keinen Deckel mehr, weshalb er wahrscheinlich in der Ecke und nicht neben den andern vollständig erhaltenen Steinbehältern stand, aber er war recht hoch und lang. Christian plumpste hinein und schnappte nach Luft. Er versuchte sich in eine sitzende Position zu strampeln, aber der starke Max, der seine rund 90 Kilo Gewicht nicht nur seiner Größe von 1,80 Meter und seinem Bäuchlein, sondern auch recht gut trainierten Muskeln verdankte, drückte ihn wieder herunter. Und dann rannten die beiden laut lachend weg.

Christian schimpfte und setzte sich mühsam auf. In diesem Moment kam die Gruppe um Ernst Meister und Frau Hebert-Glück wieder zurück. Gerade als Christian mit puterrotem Gesicht über den Rand des Sarkophags schaute, näherte sich die ganze Schar und Frau Hebert-Glück sagte: „Der nächste Sarkophag hat keinen Deckel, aber er ist mit besonders schönen Reliefen verziert, und darin lag offenbar ein reicher Patrizier …" Sie erstarrte, als sie Christians Gesicht über dem Rand des Steinsargs auftauchen sah.

Emma fing an zu kichern und flüsterte gut hörbar: „Sarkophag heißt doch Fleischfresser – scheint ja in diesem Fall wohl zuzutreffen! Dieser hier hat Christian gefressen."

Alle brachen in schallendes Gelächter aus, nur Frau Hebert-Glück nicht. Mit energischen Schritten ging sie auf den Sarkophag zu und schnauzte Christian an: „Was fällt dir ein! Bist du verrückt geworden? Was denkst du dir dabei?"

„Ist das die Toilette, zu der du wolltest?", fragte Ernst Meister. Allerdings kräuselte ein leichtes Lächeln seine Lippen. Der Anblick des Jungen, der da aus dem Sarg spähte, wirkte doch bei aller Ernsthaftigkeit der Umstände sehr komisch. Und Ernst Meister hatte einen gewissen Sinn für skurrilen Humor.

Christian konnte nur stammeln: „Nein, äh, ich bin, äh …“ Er brach ab, als sein Blick auf Paul und seine Kumpels fiel, die ihn warnend ansahen. Paul hatte das Holzschwert in seinem Rucksack verstaut und schaute unschuldig aus der Wäsche.

„Jetzt komm da sofort heraus!“, sagte Frau Hebert-Glück mit strenger Stimme.

„Ich brauche aber Hilfe“, antwortete Christian, der vergeblich versuchte, sich über den Rand des Sarkophags zu stemmen. Die Wand war zu glatt und zu steil.

„Da du alleine hineingekommen bist, wirst du wohl auch alleine wieder herauskommen“, meinte die gestrenge Museumsführerin. „Und beeile dich. Diese Objekte sind weder Spielzeug noch Turngeräte!“

Christian wollte gerade erwidern, dass er nicht allein in den fleischfressenden Steinsarg hineingeraten war. Doch ein erneuter Blick auf Paul und vor allem Max, der ihn finster anstarrte, ließ ihn verstummen. Schließlich kam ihm Laura zu Hilfe, gefolgt von Lukas, der bisher immer wenig Anstalten gemacht hatte, mit Christian Freundschaft zu schließen. Sie zogen ihn gemeinsam über den Rand des Sarkophags, und erleichtert sprang Christian auf den Boden.

„Du bist mir eine Antwort schuldig, was du dir dabei gedacht hast, in den Sarg zu klettern“, forderte Frau Hebert-Glück.

Christian schluckte. „Ich, äh, ich wollte wissen, wie es sich anfühlt, darin zu liegen“, stotterte er.

„Na, lebendig haben die Römer ihre Toten darin nicht begraben“, sagte Frau Hebert-Glück.

Emma kicherte schon wieder und sah Christian mit einem spöttischen Blick an, Laura dagegen wirkte besorgt. Christian hatte auf einmal eine Vorstellung davon, wie das sein musste: Bei vollem Bewusstsein in dem engen Steinsarg zu liegen. Ein grauenhafter Gedanke! Wie gut, dass ihm wenigstens der Sargdeckel erspart geblieben war. Doch den hätte wohl selbst Max mit seinen Bärenkräften nicht über ihm zuklappen können.

Ernst Meister nahm Christian beiseite. Leise sagte er: „Ich glaube nicht, dass du freiwillig in das steinerne Monstrum gestiegen bist. Wie bist du da hineingeraten?“

Christian schüttelte den Kopf. „Nein, nein, ich bin da alleine hineingestiegen“, antwortete er ebenso leise.

„Wer’s glaubt, wird selig“, meinte Ernst Meister nur. „Aber dann lassen wir das Thema. Mit Ruhm hast du dich nicht bekleckert. Ich hoffe, das wird kein Nachspiel haben.“

Christian fühlte, wie Zorn in ihm aufstieg. Er war doch nun wirklich unschuldig, aber er wollte Herrn Meister nicht die Wahrheit sagen. Er petzte grundsätzlich nicht.

Sein Lehrer merkte offenbar, dass es in Christian brodelte, und fügte beschwichtigend hinzu: „Aber ich glaube, du musst dir keine Sorgen machen. Ich werde das mit Frau Dr. Hebert-Glück klären.“

„Danke“, antworte Christian nur. Doch seine Erleichterung wurde von dem Zorn über die ihm widerfahrene Ungerechtigkeit fast aufgehoben.

Während des weiteren Rundgangs, durch die große Sammlung mit herrlichem Glas und Münzen und Schmuck, beachtete Frau Hebert-Glück Christian nicht mehr. Paul und seine drei Freunde grinsten noch immer triumphierend. Ihr Plan war offensichtlich aufgegangen: Christian war dieser Museumsbesuch verleidet, die Archäologin war sauer auf ihn, der sie am Anfang ihrer Führung auch noch mit seiner Besserwisserei geärgert hatte, und Christians bisher treueste Anhängerin der Klasse, Emma, sah ihn nur noch mitleidig an.

Nur Lukas schien nicht davon überzeugt zu sein, dass Christian in einem Anfall von wissenschaftlicher Neugier oder Übereifer in den Steinsarg geklettert war. Er schob sich an ihn heran und murmelte: „Es war Paul, oder?“ Christian nickte. Lukas schien zufrieden. „Blödmann!“, war seine einzige Reaktion.

Doch die Schrecklichen Vier, wie Christian die unzertrennlichen Kumpels Paul, Max, Peter und Hendrik getauft hatte, hatten offenbar etwas bemerkt. Als die Kinder zum Abschluss von Frau Hebert-Glück aufgefordert wurde, sich ein paar Minuten lang das anzusehen, was sie am meisten interessierte, drängten sie Lukas in eine Ecke – ausgerechnet neben die Vitrine mit dem sonderbaren Schwert.

Christian war bereits ein paar Schritte weitergegangen, als er bemerkte, dass Lukas ihm nicht mehr folgte. Er drehte sich um und entdeckte ihn inmitten der Schrecklichen Vier, die wild auf ihn einredeten. Christian überlegte nicht lange. Er stürmte auf die Jungen zu, und für einen Augenblick hatte er das seltsame, aber sehr überzeugende Gefühl, er hielte das römische Schwert aus der Vitrine. Er konnte den Griff geradezu in seiner rechten Hand spüren. „Lasst Lukas in Ruhe!", rief er lauter als beabsichtigt und warf sich auf Peter, den Kleinsten der vier.

Der war so überrascht, dass er stolperte und gegen die Vitrine krachte, die heftig vibrierte. Das Schwert darin bebte, die vier Dolche zitterten. Und wieder glaubte Christian für den Bruchteil einer Sekunde, Blut auf der Spitze des Schwertes zu sehen.

Ehe sich Peter aufgerappelt hatte und die anderen drei reagieren konnten, entwischte Lukas ihnen. Dafür aber stürzte Frau Hebert-Glück auf Christian und die vier zu. „Jetzt reicht es aber!", rief sie. „Schluss, aus! Fast hättet ihr die Vitrine zu Fall gebracht. Ihr geht jetzt alle sofort zum Ausgang, und seid froh, wenn ich das nicht euren Eltern melde."

Christian schoss die Schamesröte ins Gesicht. Paul und seine Freunde dagegen latschten betont lässig zur Treppe, und Paul zeigte Christian den Stinkefinger, was Christian wiederum dazu brachte, ihm wie ein kleines Kind die Zunge herauszustrecken.

Er drehte sich noch einmal zur Vitrine mit dem Schwert um. Die stand wieder ruhig und fest da. Er hatte auch nicht mehr das Gefühl, ein Schwert in der Hand zu halten, sondern kam sich nur noch dämlich vor.

Als er langsam hinter den anderen zur Treppe ging, spürte er plötzlich einen Zug im Nacken. Er drehte sich um und schrak zusammen: Das Schwert schien sich in der Vitrine gedreht zu haben. Die Spitze, die zuvor in die andere Richtung gezeigt hatte, wies jetzt direkt auf ihn. Ehe Christian die Treppe zur Eingangshalle des Museums hinunterstürzte, war er sich absolut sicher, dass der kleine rote Fleck auf der Scheide tatsächlich Blut war – und es sah erstaunlich frisch aus.

GEISTERSPUREN

Christian ärgerte sich. Der Ausflug in das Kölner Museum war völlig daneben gegangen. Alle hielten ihn jetzt für einen Angeber, was er ja, ehrlich gesagt, auch ein bisschen war. Wieso hatte er mit seinen Kenntnissen so prahlen müssen? Und was war über ihn gekommen, dass er Paul herausgefordert hatte?

Den einzigen Pluspunkt dieser Aktion sah Christian darin, dass Lukas sich mit ihm zum Kino verabredet hatte und ihm dankbar war, dass er ihn gegen Paul und Max geschützt hatte. Christian dachte nach. Was sollte er denn noch alles anstellen, damit er in seiner neuen Klasse endlich richtig aufgenommen wurde? Er fühlte sich hilflos und hörte noch Pauls Stimme im Ohr: „Ach, da spricht unser lieber Professor, der alles besser weiß, nur weil er in Rom gelebt hat!“ Und wie peinlich war die Erinnerung daran, dass er der Archäologin versucht hatte zu erklären, dass die Inschrift auf einem der Grabsteine falsches Latein sei.

Christian trat an diesem Morgen so langsam in die Pedale, dass er fast zu spät in die Schule gekommen wäre. Doch als er in das Klassenzimmer ging, warf ihm keiner unfreundliche oder spöttische Blicke zu. Laura kam auf ihn zu und fragte: „Hast du schon gehört? Im Museum ist gestern eingebrochen worden!“

„Wie, in welchem Museum?“, fragte Christian verdattert.

„Na, im Römisch-Germanischen! Kurz nachdem es geschlossen wurde, muss jemand eingebrochen sein und hat eine Vitrine aufgebrochen, in der Waffen sind. Es ging zwar eine Alarmanlage los, aber man hat niemanden entdeckt. Jetzt fehlt aus der Vitrine ein Schwert.“

Christian wurde blass. „Ein Schwert?“, echote er perplex.

„Ja, eines von diesen Kurzschwertern, weißt du, die von den Legionären benutzt wurden.“ Laura zeichnete mit wenigen Strichen ein Schwert auf ihren Collegeblock. Es war genau das Schwert, das er in seinem Traum gesehen hatte. Wenn das kein Zufall war!

Nun kamen auch Paul, Max und Karl in die Klasse – vom Lehrer keine Spur. Paul ging geradewegs auf Christian zu: „Komisch, dass ausgerechnet das Schwert gestohlen worden ist, das dich so fasziniert hat!“

„Was meinst du damit?“, wollte Christian wissen.

„Na ja, bestimmt bist du nachts noch mal zurückgekommen und hast es dir gründlich ansehen wollen. Es scheint dich ja mächtig beeindruckt zu haben.“

„Du hast doch eine totale Meise!“, regte Christian sich auf und wollte sich auf Paul stürzen. Doch in dem Moment kam ihr Lehrer herein, und die Jungen huschten rasch auf ihre Plätze. Herr Meister räusperte sich. „Das ist eine merkwürdige Geschichte, dieser Diebstahl“, sagte er nach einer Weile. „Nur dieses eine Schwert wurde gestohlen, und es gibt keine Spur von einem Täter! Die Polizei hat alles gründlich untersucht, aber es war nichts zu entdecken!“

„War das Schwert denn besonders wertvoll?“, fragte Laura.

„Es war sehr alt. Allein das macht es wertvoll. Es soll einem römischen Offizier gehört haben, der in der Varusschlacht gefallen ist“, erklärte Herr Meister.

„Immer diese Varusschlacht!“, murmelte Christian vor sich hin. Und einen Augenblick lang sah er jäh eine Gestalt mit Helm und Mantel, einem Schwert in der Hand und einem sehr grimmigen Ausdruck im Gesicht vor seinen Augen aufblitzen.

Nach der Stunde gesellte sich Lukas zu Christian: „Sag mal, hast du das gestern im Museum ernst gemeint? Dass wir unter der Erde ein bisschen auf Schatzsuche gehen können?“

Christian nickte. „Ja, mein Vater arbeitet beim Bau der neuen U-Bahn sozusagen unter der Erde. Aber wir könnten ja mal unter den Dom oder unter die Severinskirche abtauchen. Da gibt es viele spannende Funde aus der Römerzeit und dem Mittelalter. In der Nähe der heutigen Kirche war in römischer Zeit ein Gräberfeld. Und das Grabmal von diesem Poblicius, das wir im Museum gesehen haben." Christian hätte gerne noch mehr erzählt, aber wollte nicht schon wieder als Besserwisser und Angeber dastehen.

„Klingt gut. Lass uns doch am Samstag einen kleinen Ausflug machen." Lukas war angetan von der Idee. Laura hatte zugehört und fragte: „Darf ich auch mit?"

„Okay. Aber mehr sollten nicht mitkommen. Zu dritt reicht echt!", sagte Christian, freute sich aber insgeheim, dass Laura von sich aus dabei sein wollte.

An dem Samstag regnete es leise vor sich hin. Die drei trafen sich vor der Kirche. Aus dem Gebäude drangen Orgelklänge. Offenbar übte da jemand für einen Gottesdienst. Christian, Lukas und Laura betraten den großen Raum. Laura war beeindruckt. „Ganz schön groß!", meinte sie.

Christian führte seine Freunde durch die Kirche zum Turm. Magisch zog es ihn zu den Resten eines alten römischen Grabraums. Er ließ seinen Freunden kaum Zeit, einen Blick auf das Kircheninnere zu werfen.

Doch als sie ihr Ziel erreicht hatten, war Christian enttäuscht. Viel war nicht mehr von der Römerzeit übrig geblieben. Und doch überkam ihn ein merkwürdiges Gefühl – wie immer, wenn er etwas sah, das ihn an Rom oder gar an seinen Besuch in der ehemaligen Villa des Kaisers Nero erinnerte.

Von den alten Gräbern war wenig zu sehen. Und doch ging etwas von ihnen aus, das Christian schaudern ließ. Es war, als ob sich etwas in diesen alten Steinen verbarg, das auf ihn einwirkte. Er spürte, wie er wieder diese Kopfschmerzen bekam, die ihn seit einigen Wochen immer unvermittelt überfielen.

Plötzlich glaubte er in der Mauer ein Gesicht zu sehen. Es war fahl, fast durchscheinend; aufmerksame Augen starrten ihn daraus an. Der Mund schien sich leicht zu öffnen, Christian war es, als ob er etwas sagen wollte. Doch dann schloss er sich wieder, und das Gesicht verschwand.

Christian fuhr sich mit der Hand über die Stirn. Er litt ganz offensichtlich an einem Übermaß an Fantasie. Das konnte nur eine Sinnestäuschung sein, ausgelöst durch die unebenen Mauersteine, auf denen Licht und Schatten zu allen möglichen Formen miteinander verschmolzen. Schnell sah er noch einmal zu der Stelle hinüber, wo er das vermeintliche Gesicht gesehen hatte. Aber da war nichts – natürlich war da nichts! Trotzdem fühlte er ein Kribbeln im Nacken.

Er wandte sich rasch ab. Dennoch war ihm, als ob er eine Stimme hörte, die aus der Mauer drang. Flüsterte sie seinen Namen? Ihm brach der Schweiß aus. Ja, es klang tatsächlich so, als ob jemand seinen Namen rief – und es schien aus der Wand zu kommen. Christian schüttelte sich. Lukas und Laura hatten offensichtlich nichts gehört. Sie standen da wie vorher und betrachteten die Steine.

Christian gruselte es, die Mauern schienen sich von allen Seiten zu nähern. Er bekam kaum mehr Luft. „Lasst uns lieber rüber in die Krypta gehen", sagte er schnell. „Hier ist ja doch nicht so viel zu sehen."

Ehe Lukas und Laura etwas erwidern konnten, steuerte er das Seitenschiff der Kirche an, in dem der Eingang zur Krypta lag. Der unterirdische Raum schien erfüllt mit Stimmen aus der Vergangenheit. Hier standen Sarkophage aus verschiedenen Epochen, der älteste war fast 1600 Jahre alt.

Lukas und Laura wirkten beeindruckt. Kühl und dämmrig war es hier, und alle Geräusche schienen weit weg zu sein – selbst die Orgel drang nur noch gedämpft in diese Abgeschiedenheit.

„Wäre es nicht toll, wenn wir einfach mal in eine andere Zeit reisen könnten?", fragte Laura. „Wann würdet ihr gerne gelebt haben?"

„In der Römerzeit", entfuhr es Christian.

„Ich hätte gerne im Mittelalter gelebt", meinte Lukas.

„Und warum?"

„Wegen der Ritter und so."

„Also, ich hätte gerne im Barock gelebt", sagte Laura. „Da trugen die Frauen so wunderschöne Kleider."

„Aber die waren auch ganz schön unbequem und schwer zu waschen", sagte Lukas, der immer eher praktisch dachte.

„Ach, Römerzeit wäre auch nicht übel", erwiderte Laura nach kurzem Nachdenken.

„Ja, das wäre doch ideal, dann wären wir im Unterricht bei dem ollen Meister mit seiner Römermacke gut drauf", grinste Lukas.

Christian hatte nichts mehr gesagt. Er sah vor seinem inneren Auge immer noch das Schwert aus dem Museum vor sich und dachte an seine Träume und das Gesicht in der Mauer. Merkwürdigerweise war es ihm vertraut vorgekommen. Auch wenn dies alles nur Einbildung sein konnte, fröstelte ihn trotzdem.

Schweigend gingen die drei durch die Hallenkrypta und betrachteten die Sarkophage aus längst vergangenen Jahrhunderten. Christian überkam die Erinnerung an sein Erlebnis im Museum. Kein schönes Gefühl war das gewesen, in so einem Steingehäuse zu liegen! Zumindest sollte man darin nicht gefangen sein …

Dann sah Lukas jäh auf die Uhr. „Du lieber Himmel, ich muss nach Hause!"

Laura nickte. „Ich auch. Zu uns kommt heute eine Tante aus Berlin, die meiner Mutter noch ein paar Sachen aus unserer alten Wohnung bringt." Laura seufzte. Ihr Blick wurde ganz traurig, aber dann lächelte sie und fügte hinzu: „Aber es ist schon okay so."

Christian spürte auf einmal ein Gefühl der Leere. Auch wenn sich Lauras Eltern vor wenigen Monaten getrennt hatten, wartete doch zu Hause jemand auf sie. Er dagegen würde gleich wieder ganz alleine sein. Sein Vater hatte heute im Büro zu tun, seine Mutter war derzeit in Süditalien unterwegs. Plötzlich fühlte er sich total allein. Stumm ging er mit seinen Freunden zurück zum Eingang der Krypta, hinaus aus der Kirche unter deren Mauern viele Geheimnisse der Vergangenheit noch nicht enträtselt waren.

Es war nicht weit von der Kirche nach Hause. „Lasst uns bald mal unter den Dom gehen – da gibt es auch tolle Überreste von früher", schlug er seinen Freunden zum Abschied vor.

„Ja, gerne. Aber nicht nächste Woche. Da gehen wir erst mal ins Kino", sagte Lukas. „Sich dauernd mit der Vergangenheit zu beschäftigen, finde ich öde."

Als Christian wenig später allein in seinem Zimmer saß, schaltete er seinen Computer an und googelte die Seiten über die Severinskirche und die Domus Aurea in Rom. Er wollte herausfinden, warum er das Gefühl hatte, dass jemand in seinem Unterbewusstsein herumspukte, und suchte nach Verbindungen zwischen dem ehemaligen Palast des Kaisers und der römischen Vergangenheit Kölns. Aber er kam nicht weiter.

Seit seinem Abschied von Rom lebte er in einem merkwürdigen Schwebezustand: Er wusste nicht mehr, wo er sich zu Hause fühlte, fragte sich, wie es weitergehen sollte und vermisste seine Mutter.

In der Küche stand ein Topf mit Nudeln, die er sich aufwärmte und mit einer Portion Ketchup übergoss. Hunger hatte er allerdings nicht. Nachdem er lustlos sein Essen heruntergeschlungen hatte, legte er sich vor den neuen Flatscreen-Fernseher und zappte durch die Programme. Plötzlich stockte er. Ein älterer Herr mit weißem Bart wurde von einer jungen Moderatorin zu dem Buch befragt, das er gerade veröffentlicht hatte.

Der Herr hieß Alfred Müller-Dunkel und schilderte in seinem Buch *Phänomene und Fantasie – Geistererscheinungen im 21. Jahrhundert,* dass manche Menschen mit traumähnlichen Erscheinungen zu tun hatten, die er als eine Art von Geistern beschrieb.

„Sehen Sie", sagte der Autor mit tiefer Stimme, „manche von uns sind viel empfänglicher für bestimmte Phänomene als andere. Und es gibt sicherlich Orte, die geradezu dazu einladen, etwas zu spüren, was mit längst vergangenen Zeiten oder lange verstorbenen Menschen in Verbindung steht. Das sind nicht nur Friedhöfe, sondern können auch Gebäude oder bestimmte Gegenstände aus fernerer Zeit wie Kostüme, Schmuck, Waffen oder Steine sein."

Alfred Müller-Dunkel machte eine bedeutungsvolle Pause und fuhr dann fort: „Geisterglaube gilt als Spinnerei oder als Aberglaube. Aber in meinem Buch bringe ich viele Beispiele für Fälle, in denen Erscheinungen aufgetreten sind, die Teil der Realität waren und von Menschen wahrgenommen wurden, die eigentlich nicht an Geister oder andere übersinnliche Dinge glaubten."

„Und was waren das für Erscheinungen?", unterbrach ihn die junge Moderatorin.

Der Autor lächelte freundlich, wenn auch ein bisschen zu selbstgefällig, wie Christian fand. „Frau Torbergen, Sie scheinen mir nicht zu glauben. Es waren keine Gespenster wie in Hollywoodfilmen, sondern oft war es nur ein bestimmtes Gefühl, dass jemand sozusagen unsichtbar anwesend war, der vielleicht versuchte, mit einer bestimmten Person in Kontakt zu treten ..."

In diesem Moment schrillte das Telefon, Christian schrak auf. Er griff nach dem Hörer und fühlte sich seltsam erleichtert, als er die Stimme seiner Mutter vernahm. „Hallo, mein Schatz! Geht es dir gut? Ich komme übrigens nächstes Wochenende zu euch nach Köln und bleibe bis Sonntag."

Die etwas atemlose Stimme der Mutter erfüllte Christian mit einem lange nicht mehr gefühlten Glücksgefühl. „Weiß Papa, dass du kommst?", fragte er.

„Nein, es soll eine Überraschung sein! Sag es Friedrich nicht. Ich bin am Freitagmittag da, komme mit dem Flugzeug aus Rom über München. Bis dann, mein Großer!"

Und schon hatte sie wieder aufgelegt. Die Verbindung war ohnehin nicht sehr gut gewesen. Obgleich Christian sich über die kurze Nachricht gefreut hatte, fühlte er sich jetzt noch einsamer als zuvor.

Er wandte sich wieder dem Fernseher zu. Frau Torbergens Gesprächspartner Alfred Müller-Dunkel war inzwischen durch einen jüngeren Mann mit glatt aus der Stirn gekämmten Haaren ersetzt worden, der gerade mit einer großen Geste darüber sprach, wie unersetzlich das aus dem Museum entwendete Römerschwert sei. „Das ist ein großer Verlust. Und ich hoffe, die Polizei findet es oder der Täter bringt das Schwert freiwillig zurück. Ich verstehe auch nicht, weshalb der oder die Diebe es gerade auf dieses Schwert abgesehen haben. Und vor allem ist es nach wie vor rätselhaft, wie sie es geschafft haben, das Schwert zu entwenden."

„Herr Dr. Pätzelt", säuselte Frau Torbergen, „mit welcher Summe ist das Schwert versichert?"

„Darum geht es nicht allein", antwortete Pätzelt mit strenger Stimme. „Es ist ein ideeller Verlust von ungeahntem Ausmaß. Die Versicherungssumme kann uns kein zweites Schwert wie dieses wiederbringen. Es wurde um die Zeitenwende nachweisbar in einer süditalienischen Schmiede gefertigt und gehörte einem römischen Legionär."

„Woher wissen Sie das?", unterbrach ihn die Moderatorin.

„Was? Wem es gehört hat? Das ist eindeutig dank des Fundortes erwiesen. Es lag in einem der Gräber in der Nähe der heutigen Severinskirche, dort, wo man auch das Grab von Poblicius entdeckt hat."

In diesem Moment klingelte wieder das Telefon. Christian meldete sich. „Ich bin es, mein Junge", hörte er seinen Vater, „ich lade dich heute in ein sehr originelles Restaurant zum Essen ein und hol dich um 19 Uhr ab. Bis dann!"

Ehe Christian etwas erwidern konnte, hatte sein immer beschäftigter Vater den Hörer aufgelegt. Na immerhin! Die Aussicht auf ein gutes Essen tröstete Christian über sein Gefühl der Verlassenheit hinweg. Als er sich nun erneut dem Fernseher zuwandte, hatte Andrea Torbergen schon wieder einen neuen Gast im Studio, eine Dame in mittleren Jahren mit rot gefärbter Haarpracht, die gerade anfing über ihre Zucht von seltenen japanischen Minikampffischen zu berichten. „Ganz entzückende Gesellen, nur sollte man nicht mit den Fingern im Wasser vor ihnen herumwackeln", kicherte sie mit schriller Stimme. Christian schaltete genervt aus.

Das italienische Restaurant war einer Taverne nachempfunden, wie man sie von alten Bildern kannte. „Hier gibt es seit 2000 Jahren Essen und Trinken", erklärte der Vater.

„Na, hoffentlich ist das Essen nicht 2000 Jahre alt“, versuchte Christian zu scherzen.

Sein Vater aber hatte gar nicht zugehört, sondern zielstrebig einen kleinen Zweiertisch in der Ecke angesteuert. Man merkte dem Restaurant, das sinnigerweise Taverna hieß, an, dass es in einem Gebäude lag, das sehr alt sein musste. Die Mauern wirkten solide und waren rußgeschwärzt, als hätten hier früher große Kaminfeuer gelodert. Dicke Balken stützten die Wände, und die Decke und Tische waren blank gescheuert.

Christian wählte eine Gemüsesuppe und danach Pizza Hawai. Sein Vater, der seit einiger Zeit Diät hielt, entschloss sich zu einem gemischten Salat und Seewolf mit Salzkartoffeln. Der Kellner notierte ihre Wünsche und verschwand.

Christian lehnte sich mit einem Seufzer zurück. Das tat gut! Weg von seinen Geistern und ganz gemütlich in einem netten Restaurant zu sein, auch wenn sich dies schon wieder in einem ziemlich alten Haus mit langer Tradition befand. Offenbar entkamen sie hier in Köln noch weniger der Vergangenheit als in Rom.

Das Restaurant füllte sich mit vielen Gästen, darunter Familien und Pärchen. Gerne hätte Christian seinem Vater vom Anruf der Mutter berichtet. Aber das sollte ja ein Geheimnis bleiben. Stattdessen erzählte er seinem Vater vom Besuch in der Krypta der Severinskirche, und sein Vater hörte sogar aufmerksam zu.

Wenig später kam der Kellner zurück, brachte eine Flasche Mineralwasser, eine Cola für Christian und ein Glas Weißwein für den Vater.

„Wie alt ist diese Taverne?“, fragte Christian, als er genüsslich an seiner Cola nippte.

„Aufgrund der Funde, die man nach dem Krieg beim Wiederaufbau dieses Hauses gemacht hat, schätzt man, dass die erste Taverne hier schon vor rund 2000 Jahren gewesen sein muss. Also ungefähr zu der Zeit, als Köln zu einer wichtigen Stadt ausgebaut wurde. Man hat auch einen Stein gefunden, auf dem der Name des ersten Tavernenbetreibers vermerkt ist.

Er hieß Marcellus Vincius. Der musste damals schon einige Weinfässer stemmen und die eine oder andere Amphore mit Öl schleppen", meinte der Vater.

Marcellus Vincius – als Christian diesen Namen hörte, spürte er, wie sich sein Magen zusammenzog. Es war, als ob er sich an etwas erinnern müsste, es aber nicht konnte.

Hatte er den Namen schon mal gehört? Sicherlich nicht, denn dieser Marcellus war ja nur ein Kneipenbesitzer gewesen und keine historisch bedeutsame Persönlichkeit, von der er im Geschichtsunterricht gehört haben konnte. Wieso spürte er dieses Ziehen in der Magengrube? Und weshalb hatte er das Gefühl, dass sich irgendetwas Unangenehmes damit verband? Wie ein schlechter Geschmack lag ihm dieser Name auf der Zunge. Er murmelte: „Marcellus Vincius", und schüttelte den Kopf. Langsam hatte er genug von seinen ewigen Einbildungen. Offensichtlich litt er an Verfolgungswahn!

Plötzlich überkam ihn das Gefühl, dass die Mauern der alten Taverne sich immer enger um *ihn* schlossen. Ihm wurde schwindelig. Und plötzlich sah er ihn – den römischen Soldaten aus seinen finstersten Albträumen. Er lehnte an einer der Säulen des Restaurants, das Schwert in der Hand, den Helm tief in die Stirn gezogen, die dunklen Augen blitzend. Ganz eindeutig fixierte er Christian drohend.

Christian entfuhr ein Schreckenslaut. Sein Vater sah ihn erstaunt an und meinte: „Du scheinst aber Hunger zu haben. Keine Angst, ich sehe den Kellner schon mit unseren Vorspeisen kommen."

Christian hörte nur mit halbem Ohr zu. Er spähte wieder zur Säule und sah, wie der Mann mit Schwert und Helm ihm zunickte, sein Schwert wie zum Gruß kurz hob – und verschwand.

SCHWERT-STREICHE

Am Montag waren die Lokalzeitungen noch immer voll mit dem Diebstahl des Schwertes. Nach wie vor gab es keine Spuren, keine Hinweise. „Das Schwert hat wohl ein Geist geklaut“, witzelte Paul in der Schule.

Christian zuckte bei dieser Bemerkung zusammen. Er hatte genau dasselbe gedacht, es aber nicht laut ausgesprochen. Er wollte sich nicht noch einmal von Paul als „Geisterseher“ verspotten lassen. Seinem Vater hatte er natürlich auch nichts von der Erscheinung in dem Restaurant erzählt.

Die nächsten Tage vergingen wie im Flug. Die ersten Arbeiten wurden geschrieben, und dann war auch schon Donnerstag. In der Zeitung, die Christian morgens immer für seinen Vater aus dem Briefkasten holte, lautete die Schlagzeile: *Spur entdeckt! War Diebstahl des Schwertes ein Schülerstreich?*

In dem Artikel hieß es, dass Kommissar Karl-Heinz Schw. (45) von der Kölner Kripo der Redaktion gegenüber Angaben gemacht habe, dass das Verschwinden des Schwertes vielleicht ein „Lausbubenstreich“ gewesen sei. Eine gewisse Angelika B. (58) habe berichtet, dass in der Schrebergartenkolonie Sonnenblume vier Jungs mit einem länglichen, sorgsam eingewickelten Gegenstand aufgetaucht und zwischen den Häuschen verschwunden seien. Die Polizei, so hieß es, würde nun diese Spur verfolgen und hätte zwei Beamte in die Laubenkolonie geschickt.

Als Christian dies las, überkam ihn ein bestimmter Verdacht. In der großen Pause fragte er Lukas, ob er Zeit hätte, mit ihm am Nachmittag in die Schrebergartenanlage Sonnenblume in Ehrenfeld zu radeln.

Lukas sah Christian erstaunt an: „Was sollen wir denn da?“

„Vielleicht finden wir dort das gestohlene Schwert“, erklärte Christian lässig.

„Wie bitte?“

„Oder etwas, das so aussieht“, orakelte Christian.

Lukas schien verwirrt zu sein. „Würdest du bitte nicht in Rätseln mit mir sprechen? Das finde ich echt nervig!“

„Okay. Ich glaube, dass Paul und seine Idiotenbande da etwas ausgeheckt haben. Und ich möchte mal sehen, ob ich recht habe.“

„Na gut, ich bin dabei. Aber ich muss um 19 Uhr zu Hause sein“, sagte Lukas. Christian nickte zufrieden. „Ich hole dich um halb drei ab.“

Während des Unterrichts beobachtete Christian Paul und seine drei besten Kumpels, Max, Peter und Hendrik, so unauffällig wie möglich. Und tatsächlich – als Ernst Meister im Geschichtsunterricht als Erstes auf den Zeitungsartikel hinwies, sah Christian, wie Paul den anderen zublinzelte.

„Aha“, dachte er nur und wandte sich wieder seinem Geschichtsbuch zu.

Am Ende der Stunde räusperte sich Ernst Meister, wie er es immer vor einer wichtigen Ankündigung tat: „So, jetzt hört mal gut zu! Wir werden am Freitag, den 19. September, einen Ausflug in den Archäologiepark in Xanten am Niederrhein machen.“ Pauls unwilliges Grunzen war nicht zu überhören. Aber die anderen Kinder schienen von der Idee angetan.

Um Punkt halb drei holte Christian Lukas ab. Sie brauchten für die acht Kilometer zu der Schrebergartenanlage knapp eine halbe Stunde. Sehr viel war an diesem Donnerstagnachmittag in der Anlage nicht los. Nur ein paar ältere Leute arbeiteten in ihren Gärten.

„Was willst du eigentlich hier?“, fragte Lukas, als sie ihre Fahrräder über die schmalen Wege zwischen den Gärten und den kleinen Holzhäusern schoben.

„Ich glaube, dass Paul und sein Anhang einen blöden Streich spielen, indem sie hier etwas versteckt haben, das dem geraubten Schwert ähnlich sieht. Und ich wette, sie werden absichtlich noch ein paarmal mit diesem verpackten Gegenstand auf und ab laufen und so tun, als ob es etwas Kostbares sei. Bis die Polizei hier auftaucht und es ein riesiges Durcheinander gibt. Dann lachen sie sich schief, weil man ihnen nichts nachweisen kann, und sie kommen in die Zeitung."

„Meinst du? Wozu denn das Ganze?"

„Sie machen sich einen Spaß und nutzen die Aufregung um den Diebstahl dazu, ein paar Leute zu ärgern – bestrafen kann man sie dafür ja nicht. Und ich wette, das ist auch gegen mich gerichtet. Die wollen mir schon seit unserem Besuch im Museum, bei dem ich mich wirklich ein bisschen dämlich benommen habe, eins auswischen. Und du weißt ja, wie ich beim Anblick dieses Schwertes reagiert habe."

Lukas schüttelte ungläubig den Kopf. „Oh Mann … Ja, dann lass uns mal gucken. Aber wo?"

„Ich glaube, Hendrik hat mal erzählt, dass seine Großmutter hier ein Häuschen hat. Er hat sich darüber lustig gemacht, weil sie seine Familie oft sonntags in ihr Landhaus, wie sie es nennt, einlädt. Schultes selbst haben ja keinen Garten."

Es war nicht weiter schwer, Oma Schultes Grundstück zu finden. Ein freundlicher alter Mann mit grüner Gärtnerschürze wies ihnen den Weg. „Sie ist aber heute nicht da", sagte er noch. „Aber vorgestern war ihr Enkel mit ein paar Freunden hier, wohl um die Blumen zu gießen."

‚Das glaubst auch nur du …', dachte Christian nicht gerade freundlich.

In dem Gärtchen von Hendriks Großmutter gab es drei Beete mit bunten Blumen, die Christian nicht kannte, eine grüne Bank, ein Windrad und eine Sitzgarnitur aus weißem Plastik. Die Tür des Häuschens war abgeschlossen, aber unter der Fußmatte vor der Tür lag ein Schlüssel.

„Sollen wir das wirklich machen? Einfach in ein fremdes Haus reingehen? Das ist Hausfriedensbruch." Lukas' Vater war Anwalt, deshalb wusste Lukas einiges über rechtliche Fragen.

Christian flüsterte: „Wir brechen doch nicht ein, und wir klauen auch nichts!" Lukas sah zwar nicht sehr glücklich aus, aber er nickte.

Vorsichtig öffneten die beiden Jungen die Tür. Das Innere bestand aus einem einzigen Raum mit Kochnische und einer Toilette, deren Tür halb geöffnet war. In dem Raum standen ein großes Sofa, bezogen mit grünem Cord, ein Couchtisch, drei Sessel, ebenfalls grün bezogen, ein kleiner Schrank, eine Kommode und eine Vitrine mit Geschirr. Christian ließ sich auf die Knie nieder, um unter das Sofa zu spähen. Er sah zahlreiche Wollmäuse, aber kein Paket.

Auch unter den Sesseln sahen sie nichts, der Schrank war verschlossen, und in der Kommode entdeckten sie nur einige Tischtücher aus Stoff und Plastik, Servietten, rote und weiße Kerzen, Streichhölzer, Besteck für sechs Personen und Flickzeug für Fahrräder. In der Vitrine befanden sich Tassen, Teller und Gläser; auch hier war kein längliches Paket versteckt.

Gerade wollte Christian unter der Spüle in der Kochnische nachschauen, als Lukas ihn anstieß. „Sie kommen!“, raunte er nur und wurde blass.

Und wirklich, am Anfang des Weges, der zu Oma Schultes Häuschen führte, tauchten die Schrecklichen Vier auf. Christian und Lukas saßen in der Falle. Zur Tür konnten sie nicht hinaus, und in dem Zimmer, das höchstens zwanzig Quadratmeter maß, gab es kein Versteck, schon gar nicht für zwei Jungen.

„Fenster!“, schnaubte Christian. Er stieß das Fenster über der Spüle auf. Die beiden hangelten sich an der Spüle hoch und schlüpften durch das schmale Fenster. Leise zog Christian es von außen zu. Sie kauerten an der Hinterwand der Hütte und atmeten so leise wie möglich.

„He, seht mal, die Tür ist nicht verschlossen“, dröhnte Pauls laute Stimme.

„War meine Oma wohl doch noch gestern da! Sie vergisst seit jüngster Zeit dauernd irgendetwas.“

Die vier Jungen polterten ins Haus. „Es ist noch da!“, rief Paul. „Und was jetzt? Angeblich war die Polizei ja schon hier und hat das Schwert gesucht und Leute befragt. Aber auch die alte Bellermann, *unsere* Angelika B. (58), hat wohl nicht weiterhelfen können.“

„Weißt du, Paul", fragte Max, „was soll das Ganze jetzt eigentlich noch?"

„Außerdem ist das Versteck doch Quatsch. Lass es uns so verstecken, dass die Polizei es auch findet! Dann wird die Sache lustig. Sehe schon die Schlagzeile: *Polizei entdeckt gestohlenes Schwert in Laubenkolonie. Doch es war nur aus Holz*", sagte Hendrik.

Paul kicherte. „Genau! Und ich sehe schon das dumme Gesicht unseres Römerexperten Christian vor mir."

Die beiden Jungen an der hinteren Hüttenwand sahen sich an. Was für einen Schwachsinn Paul sich immer ausdachte, nur, um irgendeinen blöden Streich zu spielen oder jemanden zu ärgern. Und seine drei Kumpels folgten ihm blindlings.

Wieder hörten sie Pauls Stimme, nur wenig gedämpft durch die dünne Holzwand der Schreberhütte. „Also, mein Plan: Wir schleppen das Päckchen auffällig hier weg und verstecken es im Garten von der ollen Bellermann, geben der Polizei einen Tipp, die finden das Ding bei der Bellermann, stellen ihr blöde Fragen, und sie ärgert sich grün und blau. Das lohnt den ganzen Aufwand schon. Die Zeitung wird darüber schreiben, Christian wird sich ärgern, wir hatten unseren Spaß, und die Polizei ist halt auf einen Streich reingefallen. Die können dann das echte Schwert weitersuchen, wenn das nicht längst irgendwo auf dem Schwarzmarkt verhökert und ins Ausland abgeschoben worden ist."

„Okay", sagte Hendrik, „dann lass uns das Ding mal unter der Spüle hervorholen. Ist das nicht echt irre, für was so ein Holzschwert nütze ist? Es sieht eingewickelt richtig echt aus. Na ja, immerhin stammt es ja wirklich aus einem Museum."

Christian und Lukas hörten die Jungen in der Kochnische herumhantieren und wenig später die Tür des Häuschens ins Schloss fallen. Kurz darauf trappelten Paul und seine Kumpels davon. Der Kies des schmalen Weges knirschte laut.

„Verstehst du, was das soll?", fragte Lukas seinen Freund.

„Sie wollen mir, Frau Bellermann, der Polizei und der Presse einen Streich spielen. So weit so gut. Aber das ist schon voll dämlich. Auf so eine bescheuerte Idee kann nur Paul kommen."

Langsam schoben sie sich an der Wand entlang um die Ecke. Von Paul und Co. war nichts mehr zu sehen. Sie schlossen die Tür ab, legten den Schlüssel wieder unter die Matte und gingen den Kiesweg hinunter.

„Wo hat die Bellermann denn ihren Garten?", wollte Lukas wissen.

Christian zuckte mit den Achseln. „Das ist mir egal. Ich hätte zu gerne dieses Holzschwert gefunden und irgendwo anders versteckt. Dann hätte Paul sich geärgert, und sein blöder Plan wäre total danebengegangen. Aber so? Soll sich doch die Polizei um die Sache kümmern."

Christian war enttäuscht. Zu gerne hätte er Pauls albernen Streich vermasselt. „Komm!" sagte er zu Lukas. „Wir werden ja noch sehen, ob sein Plan funktioniert."

Die beiden Jungen gingen zu ihren Fahrrädern. Ehe sie dort ankamen, sahen sie noch, wie in einem der Gärtchen eine füllige Dame mit dunkelrot gefärbten Haaren auftauchte und kopfschüttelnd hinter ihnen hersah. „Ich wette, das war Frau Bellermann", meinte Lukas, ehe er sich auf sein Rad schwang.

Am nächsten Morgen saß ein sehr selbstgefällig schauender Paul in seiner Bank, und seine drei Kumpels grinsten wie Joker in dem Film *Batman*. Tatsächlich hatte in der Lokalzeitung eine Notiz gestanden, in der es hieß, die Polizei habe nun einen konkreten Hinweis auf das geheimnisvolle Paket bekommen. Die arme Frau Bellermann! Christian sah vor seinem inneren Auge, wie die Polizei ihren Garten durchwühlte, nur um dann ein lächerliches Holzschwert in einem alten Sacktuch zu entdecken. Er schüttelte den Kopf. Mensch, war Paul ein Blödmann.

In diesem Augenblick ging die Klassentür auf, und Direktor Wedekind kam mit einem groß gewachsenen Mann in Polizeiuniform herein. „Aufstehen!", befahl Dr. Wedekind. Dann wandte er sich an Frau Semmelrogge, die in dieser Stunde Chemie unterrichtete, und sagte: „Entschuldigung, Frau Kollegin. Dies ist Kriminaloberkommissar Karl-Heinz Schwarz von der Kölner Kripo. Ist Paul Radtke da?"

Paul wurde tomatenrot im Gesicht. Emma fing an zu kichern, aber ein strenger Blick von Direktor Wedekind ließ sie verstummen. Auch Max, Hendrik und Peter wirkten nervös. „Paul, ich muss dich bitten, mit ins Lehrerzimmer zu kommen", sagte der Direktor. Paul warf seinen Freunden einen hilflosen Blick zu. Dann trottete er mit Direktor Wedekind und Oberkommissar Schwarz aus dem Raum.

An Unterricht war nicht mehr zu denken. Alle tuschelten durcheinander. Emma und Laura, die seit einer Woche nebeneinandersaßen, sahen zu Christian hinüber, aber der hob nur die Schultern. Um ein Holzschwert in Angelika Bellermanns Beet würde man doch nicht so viel Aufhebens machen, oder?

Kurze Zeit darauf erklang der Gong zur großen Pause. Die Kinder drängten sich hinaus auf den Pausenhof. Von Paul keine Spur. Max, Hendrik und Peter wurden von den anderen belagert. Aber die drei waren für ihre Verhältnisse schweigsam. Ohne ihren Anführer wirkten sie unsicher und verlegen.

Dann kam auch noch Direktor Wedekind auf sie zu. „Kommt bitte mit", sagte er. Sein sonst immer recht freundliches rundes Gesicht wirkte streng und verschlossen. Max fing an zittern, Hendrik hüstelte, und Peter ließ vor Schreck sein gerade angebissenes Wurstbrot fallen. Die drei folgten dem Direktor ins Gebäude.

Emma bahnte sich einen Weg zu Christian. Seit dem Museumsbesuch, der schon einige Zeit zurücklag, hatte sie nicht mehr mit ihm geredet. Sie schien aber nicht nur wegen seines dummen Auftritts von damals auf ihn sauer zu sein. Lukas hatte schon den Verdacht geäußert, dass sie auf Laura, mit der sie sich angefreundet hatte, eifersüchtig war.

„Weißt du, was los ist?", fragte sie.

„Nein", antwortete Christian und fühlte sich nicht einmal als Lügner. Er wusste ja wirklich nicht genau, was passiert war. Irgendetwas mit Pauls

Schwert-Streich musste schiefgelaufen sein. Emma sah ihn an, als würde sie ihm nicht glauben. Aber ehe sie weiterfragen konnte, gongte es wieder, und die Kinder liefen zurück in die Klasse – und da platzte die Bombe.

Ernst Meister und Direktor Wedekind empfingen die Schüler, und ohne lange Vorreden sagte Wedekind: „Es scheint, als ob euer Mitschüler Paul hinter dem Diebstahl im Museum steckt. Wie er das allerdings geschafft hat, wissen wir noch nicht, weiß vor allem die Polizei nicht. Aber auf einen anonymen Tipp hin wurde in einem Beet in der Schrebergartenkolonie Sonnenblume das Römerschwert sichergestellt. Wie die Experten vom Museum bereits festgestellt haben, ist es zweifelsfrei das entwendete Schwert. Doch damit nicht genug: An der Stelle in der Museumsvitrine, aus der das römische Schwert gestohlen wurde, ist heute Morgen ein Holzschwert gefunden worden. Die Polizei steht, ehrlich gesagt, vor einem Rätsel. Aber ganz eindeutig haben Paul und seine Bande mit dem Vorfall zu tun."

Christian starrte Lukas verwirrt an. Der war blass geworden und kaute an seiner Unterlippe, wie immer, wenn ihm etwas zu denken gab.

Direktor Wedekind fuhr fort: „Und was ebenso erstaunlich und rätselhaft ist, ist die Tatsache, dass das Schwert im Beet einer gewissen Frau Bellermann gefunden wurde, die eindeutig nichts mit dem Vorfall zu tun hat. Und das Schwert war in ein Stück Tuch gewickelt, das nach Meinung der Archäologin vom Museum circa 2000 Jahre alt ist. Eigentlich kann das Tuch gar nicht mehr existieren und müsste längst zerfallen sein. Aber eine erste Untersuchung heute Morgen hat bewiesen: Das Schwert war in ein Tuch gewickelt, das aus derselben Zeit stammt, wie die Waffe selbst."

Vor Christians Augen verschwamm alles. Das Letzte, was er hörte, war Ernst Meisters entsetzte Stimme: „Himmel, der Ferber kippt um." Und dann wurde alles schwarz um ihn.

DER RÄTSELHAFTE DIEBSTAHL

Als Christian die Augen öffnete, lag er im Krankenzimmer der Schule. Neben der Liege saß Ernst Meister und sah besorgt aus. Er lächelte aufmunternd und meinte: „Du hast uns einen gehörigen Schreck eingejagt, mein lieber Junge."

Christian richtete sich langsam auf. „Mir geht es schon wieder gut. Ich habe mich heute Morgen schon nicht so fit gefühlt." Was nicht stimmte, aber wie sollte er seinem Lehrer erklären, dass er aufgrund der Schwertergeschichte diesen Schwächeanfall gehabt hatte?

Allmählich hatte er die Nase voll von diesen Erlebnissen: Römer, die ihn im Traum verfolgten, Schwerter, die verschwanden und wieder auftauchten, Visionen von finsteren Gestalten in Tavernen. Was sollte dies alles? War er verrückt?

„Du gehst jetzt am besten nach Hause. Lukas soll dich begleiten", beschloss Ernst Meister.

Christian nickte. Das konnte ihm nur recht sein. Heute war ja auch der Tag, an dem seine Mutter endlich nach Köln kommen würde. Ein bisschen schwindelig war ihm noch, als er aufstand und das Zimmer verließ.

Draußen wartete Lukas auf ihn. Sie redeten nicht viel auf dem kurzen Weg zu Christians Haus. Lukas fragte nur: „Verstehst du das alles? Das ist doch Zauberei."

Christian schüttelte den Kopf. Ihm war das alles ein Rätsel. Wie konnte das Holzschwert sich in das gestohlene Schwert verwandelt haben? Und vor allem, wie war das lächerliche Holzschwert in die Vitrine im Museum gelangt?

Er verabschiedete sich rasch von Lukas. Noch vier Stunden – dann würde seine Mutter aufkreuzen. Und das zählte mehr als alle sonderbaren

Schwert-Streiche. Mit denen sollte sich Kommissar Schwarz auseinandersetzen. Eines aber glaubte Christian auf keinen Fall: Dass Paul und seine Bande hinter dem eigentlichen Diebstahl steckten und Paul das Holzschwert in die Museumsvitrine gelegt hatte. Die ganze Geschichte war unerklärlich, und wenn Christian nicht ein so nüchterner Junge gewesen wäre, hätte er spätestens jetzt wirklich an Gespenster geglaubt.

Die vier Stunden bis zur Ankunft seiner Mutter verbrachte Christian halb schlafend, halb lesend. Und dann war sie endlich da, seine Mutter, strahlend, fröhlich und sogar braun gebrannt. Es gab viel zu erzählen, wobei Christian das gestohlene Schwert nur am Rande erwähnte und kurz bemerkte, es sei gefunden worden und bei der Polizei. Von dem Holzschwert in der Vitrine sagte er nichts.

Sie hatten gerade die wichtigsten Neuigkeiten ausgetauscht, als es an der Haustür klingelte. Christian dachte, es sei sein Vater, der seinen Schlüssel vergessen hatte. Doch vor der Tür stand Kriminaloberkommissar Karl-Heinz Schwarz mit einer jungen Frau in Polizeiuniform. Christian starrte ihn verwirrt an.

Oberkommissar Schwarz lächelte und fragte: „Geht es dir wieder besser?“ Christian nickte. „Dürfen wir hereinkommen? Das ist Kriminalassistentin Helga Roth. Wir haben ein paar Fragen an dich.“

Hinter Christian war seine Mutter aufgetaucht. „Was ist los, Christian?“, fragte sie und sah die beiden Besucher überrascht an.

„Guten Tag, ich nehme an, Sie sind Frau Ferber. Wir müssen kurz mit Ihrem Sohn sprechen“, sagte Oberkommissar Schwarz.

„Kommen Sie doch herein“, forderte die Mutter die Polizisten auf.

Christian hatte ein mulmiges Gefühl. Schwarz kam rasch zur Sache: „Du kannst dir denken, Christian, dass unser Besuch mit dem gestohlenen Schwert zu tun hat. Frau Bellermann, die uns ursprünglich auf die Spur brachte, war vorhin im Kommissariat und erwähnte, dass gestern noch zwei weitere Jungen in der Schrebergartenkolonie waren. Die Beschreibung passt auf dich und Lukas Imhof. Wart ihr gestern auch dort?“

Christian schluckte. Dann riss er sich zusammen. „Ja“, sagte er. „Lukas und ich waren da.“

Er fühlte sich zwar wie ein Verräter, aber vielleicht konnte seine Aussage Paul sogar helfen. Und so erzählte er von ihrem Ausflug, von dem Gespräch, das sie belauscht hatten, und davon, dass sie überzeugt waren, dass Paul und seine Kumpels das Holzschwert in Frau Bellermanns Beet verstecken wollten, und dass das Ganze nur ein blöder Streich war.

„Ich habe dazu beigetragen, dass Paul überhaupt die Idee für diese Aktion hatte, weil ich im Museum so ein Theater um das Schwert gemacht habe. Wir sind nicht so dicke miteinander. Aber auf keinen Fall“, sagte Christian mit Nachdruck, „war das echte Schwert in dem Sack, den Paul und die anderen bei Frau Bellermann versteckt haben. Und wie das Holzschwert ins Museum gekommen ist, kann ich mir auch nicht vorstellen!“

Ganz erschöpft hielt Christian inne. Zu seiner Überraschung sah er, wie der Oberkommissar und seine Assistentin lächelten. „Du scheinst deinen Schulkameraden ja gut zu kennen“, meinte Schwarz.

„Nein, eigentlich nicht. Aber er ist, ehrlich gesagt, zu dumm, um sich so etwas auszudenken. Irgendjemand muss ihn hereingelegt haben.“

Schwarz nickte. „Wir glauben auch nicht, dass Paul das Schwert aus dem Museum gestohlen und das alberne Holzschwert als Ersatz in die Vitrine gelegt hat. Doch wir müssen jeder Spur nachgehen. Vor allem haben wir bisher keinerlei Anhaltspunkt, was wirklich geschehen sein könnte. Paul selbst hat uns erzählt, dass er wollte, dass wir das Holzschwert finden, und dass alles nur ein dummer Streich sein sollte. War es sicher auch. Aber nun sieht die Geschichte doch etwas anders aus. Wer könnte das Schwert gestohlen und vor allem, wer könnte die beiden Schwerter, das echte und das Holzschwert, ausgetauscht haben?“

Oberkommissar Schwarz sah Christian bei diesen Worten direkt in die Augen. Christian überkam das seltsame Gefühl, er müsse die Antwort eigentlich kennen. Er hatte den Eindruck, als ob ihm in seinem Unterbewusstsein jemand einflüstern könnte, was wirklich geschehen war.

Schwarz spürte Christians Unsicherheit und fragte: „Gibt es etwas, was du uns noch sagen willst?"

Christian schluckte. Wie sollte er dem Polizisten erklären, dass er seit einigen Wochen das Gefühl hatte, von einem Geist verfolgt zu werden? Schwarz würde ihn doch für total verrückt halten. Und seine Mutter, die mit betretenem Gesicht im Hintergrund stand, könnte das alles ebenso wenig verstehen. Deshalb schüttelte er den Kopf. „Nein", antwortete er.

Schwarz betrachtete ihn nachdenklich und sagte nach einer kurzen Pause: „Wenn dir noch was einfällt, ruf mich bitte an. Selbst wenn es nur eine Kleinigkeit ist. Hier ist meine Karte. Auch wenn das Schwert wieder da ist, ist dieser Fall weiterhin ungeklärt."

Nachdem Oberkommissar Schwarz und seine Assistentin das Haus verlassen hatten, sagte Frau Ferber: „Sag mal, was ist hier eigentlich los?"

Christian versuchte mit wenigen Worten die Vorgänge der letzten Tage zu erklären. Aber die Geschichte kam ihm plötzlich total unwirklich vor. Seine Mutter schien derselben Meinung zu sein. „Das klingt alles etwas seltsam", meinte sie.

Glücklicherweise ging in diesem Moment die Tür auf, und Christians Vater trat ein.Überrascht sah er seine Frau an. „Was machst du denn hier?", waren seine ersten Worte, die nicht sehr glücklich klangen.

„Ich wollte dich überraschen", antwortete Frau Ferber und trat auf ihren Mann zu, der sie kurz umarmte.

„Das ist dir gelungen, Christa", meinte er und wandte sich an Christian. „Was hatte die Polizei bei uns zu suchen? Ich habe die zwei noch in ihr Auto einsteigen sehen. Du hast doch hoffentlich nichts angestellt?" Seine Stimme klang nicht sehr freundlich.

Christian erklärte rasch, was geschehen war. Auch sein Vater hielt die Sache für seltsam. Aber er fragte nicht nach, sondern meinte nur: „Na ja, der Rest ist Polizeiarbeit. Ich lege mich einen Moment hin. Ich war heute lange auf der Baustelle in der Nähe vom Chlodwigplatz. Heute Abend habe ich leider ein Treffen mit meinen Kollegen und ein paar Ingenieuren.

Schade! Aber wir können morgen gemeinsam essen gehen.“ Er lächelte seiner Frau und seinem Sohn kurz zu und ging in sein Arbeitszimmer.

Die Mutter warf Christian einen seltsamen Blick zu, in dem Christian Verwirrung und Zorn zu erkennen glaubte, und folgte ihrem Mann. Wenig später hörte Christian zuerst leise, dann immer lauter werdende Wortfetzen. Er flüchtete in sein Zimmer, warf sich aufs Bett und schluchzte. Er hatte geahnt, dass mit seinen Eltern etwas nicht stimme! Wäre doch alles beim Alten geblieben.

Irgendwann verstummten die Stimmen. Schließlich kam seine Mutter in sein Zimmer und setzte sich auf seine Bettkante. Liebevoll strich sie ihm mit der Hand über den Rücken und sagte: „Es ist alles etwas schwierig zurzeit. Ich bleibe aber bis Sonntag, wie geplant. Und du kommst in den Herbstferien zu mir nach Rom. Es sind ja nur noch knapp drei Wochen.“

„Und was ist dann?“, fragte Christian.

Die Mutter seufzte. „Dein Vater und ich wollen uns gegenseitig so etwas wie eine Auszeit gönnen. Es war in den letzten Jahren alles sehr hektisch, und wir haben beide zu viel zu tun gehabt. Aber ich glaube fest daran, dass bis Weihnachten alles wieder im Lot ist. Er soll hier erst mal in Ruhe richtig Fuß fassen, und ich brauche ohnehin bis November, um meine Arbeit zu beenden. So hatten wir es vereinbart, ehe ihr beide nach Köln gezogen seid. Aber jetzt habe ich gedacht, dass ich zwischendurch mal nach dir sehen sollte.“

„Du fehlst mir“, flüsterte Christian.

Die Mutter nahm ihn in die Arme und wuschelte durch seine Haare. „Du wirst sehen, es findet sich alles. Auch diese mysteriöse Geschichte mit dem gestohlenen Schwert.“

Am Abend, nachdem Christians Vater zu seiner Sitzung gegangen war, saßen Christian und seine Mutter zusammen auf dem Sofa und sahen fern. In den Lokalmeldungen kam ein kurzer Bericht, dass man das gestohlene Schwert in einer Laubenkolonie entdeckt habe, es aber keine genauen Informationen darüber gebe, wer es dort vergraben haben könnte.

Das Holzschwert wurde gar nicht erwähnt. Offenbar hatte sich Oberkommissar Schwarz mit Informationen an die Öffentlichkeit zurückgehalten.

Danach sahen sich Mutter und Sohn den dritten Teil von *Star Wars* an und gingen ins Bett. Alles in allem, fand Christian, war das doch ein recht gelungener Abend. Für einige Stunden hatte er – während er die Verwandlung von Anakin Skywalker in den finsteren Lord Darth Vader und die verzweifelten Kämpfe der Jedi-Ritter gegen die Mächte des Bösen zum mindestens zehnten Mal anschaute – alle Römer, Schwerter und Geister vergessen.

Das Wochenende verlief überraschend ruhig. Die Eltern stritten sich nicht, gemeinsam fuhren sie am Samstag auf den Drachenfels, den Christians Mutter noch nicht kannte, gingen abends zu *Toni*, einem italienischen Restaurant in der Nähe, wo Frau Ferber das Herz des Kellners Marcelo dank ihres Italienisch sofort eroberte.

Am Sonntagnachmittag brachte der Vater seine Frau zum Flughafen. Er war sehr schweigsam, als er nach Hause kam. Beim Abendessen sagte er nur: „Du fährst in den Herbstferien zu deiner Mutter. Aber Weihnachten feiern wir zusammen hier in Köln. Ich hoffe, dass sich bald alles klärt, damit wir spätestens im nächsten Jahr alle wieder zusammenleben."

Christian sagte nichts. Der eigentliche Plan war gewesen, bereits im Herbst wieder gemeinsam in Köln zu wohnen. Es hatte aber wenig Sinn, mit Erwachsenen – und vor allem mit Eltern – zu diskutieren.

Glücklich fühlte sich Christian nicht. Zudem lag ihm der Gedanke an den nächsten Tag im Magen. Was würde in der Schule los sein? Was geschah jetzt mit Paul?

Er träumte unruhig und hatte das Gefühl, jemand rede in einer unverständlichen Sprache auf ihn ein. Endlich glaubte er zu verstehen, was die Stimme ihm sagen wollte: „Das Schwert war erst der Anfang."

Mit schweren Augen wachte er am nächsten Tag auf, und er war immer noch müde, als er in die Schule kam.

Laura und Lukas waren schon da und schienen sehr aufgeregt zu sein. „Die Polizei war bei Lukas“, flüsterte Emma, die wohl wieder versuchte, sich mit ihm anzufreunden.

„Bei mir auch“, knurrte Christian nur. Er mochte es nicht, wenn Emma flüsterte, als ob sie ihm etwas Unerhörtes anvertrauen wollte. Beleidigt ging sie weg. Irgendwie klappte es zwischen ihnen nicht mehr so richtig!

Lukas war ganz blass um die Nase und kam zu Christian herüber. „Dieser Kommissar Schwarz hat meine Mutter ganz schön genervt“, sagte er ohne lange Vorreden. „Ich war beim Tennis, als er kam. Aber dann hat sie mich abgeholt, weil er dringend mit mir sprechen wollte. Ich kann jetzt verstehen, weshalb Paul diese Frau Bellermann nicht leiden kann. Eine neugierige Klatschtante ist das! Ich habe dem Schwarz nur gesagt, dass wir beide Detektiv gespielt und fast das Holzschwert gefunden hätten. Mehr war da ja nicht!“

„Ja, mehr war da nicht“, sagte Christian. „Wir haben nichts mit der Sache zu tun.“

Wenige Minuten ehe der Unterricht beginnen sollte, betrat Direktor Wedekind das Klassenzimmer. Er nickte Christian und Lukas kurz zu und sagte dann: „Eure Mitschüler Paul, Max, Peter und Hendrik werden heute nicht zum Unterricht kommen. Es geht noch immer um diese Geschichte mit dem Schwert. Sie haben das Original sicher nicht gestohlen, aber die Polizei steht noch vor etlichen Rätseln. Selbst wenn die vier nur einen dummen Streich mit dem Holzschwert spielen wollten, hat das noch ein Nachspiel. Wer von euch noch etwas weiß, was er bisher nicht gesagt hat, vielleicht auch aus falsch verstandener Kameradschaft, der hat jetzt noch die Gelegenheit, es zu sagen – ohne nachteilige Folgen.“ Er sah noch einmal zu Christian und Lukas hinüber und verließ das Klassenzimmer.

Mit einem Seufzer der Erleichterung setzte Christian sich hin. Für ihn war die Sache gegessen. Zunächst einmal, jedenfalls. Glaubte er. Denn kaum hatte der Unterricht begonnen, ging die Tür auf und Oberkommissar Schwarz stand da. Er sagte etwas zu der offensichtlich verwirrten Lehrerin, die daraufhin rief: „Christian Ferber, bitte nach vorne kommen!“ Christian zuckte zusammen. Was war denn nun schon wieder? Seine Mitschüler begannen zu flüstern, Lukas sah ihn erschrocken an, Laura wurde bleich, Emma kicherte nervös.

Oberkommissar Schwarz nahm Christian am Arm und führte ihn vor den Klassenraum. „Es gibt eine neue Entwicklung“, sagte er mit dumpfer Stimme. „Auch wenn du damit vielleicht nicht direkt zu tun hast, geht es dich doch etwas an.“

Christian starrte den Polizisten an. Der räusperte sich: „Das Originalschwert aus dem Museum ist schon wieder spurlos verschwunden. Es wurde aus der Asservatenkammer im Präsidium entwendet. Stattdessen liegt jetzt dieses Holzschwert in dem Regal, wo das richtige Schwert war, das wir im Labor untersuchen wollten. Neben dem Holzschwert lag ein Zettel – und jetzt kommst du ins Spiel. Darauf steht nämlich in dicken Buchstaben: *Interrogete Christianum.* Also auf gut Deutsch: *Fragt Christian!* Nun, was hast du dazu zu sagen?“

Christian schwieg. Er verstand nichts mehr, außer, dass dieser Albtraum offenbar nie mehr aufhörte …

DER SPRECHENDE HELM

Offenbar war es der Polizei gelungen, die Verwicklungen um das Schwert geheim zu halten. In den Zeitungen stand zumindest nichts darüber. Christian durchlebte diese Tage wie einen einzigen Albtraum. Immer wieder beteuerte er seinem Vater gegenüber, dass er keine Ahnung habe, was das alles bedeuten solle. Und immer wieder stand er kurz davor, sich seinem Vater anzuvertrauen und ihm von seinen Träumen und den damit verbundenen Trugbildern, die ihn am helllichten Tage verfolgten, zu erzählen.

Aber sein Vater, dieser nüchterne Wissenschaftler, hätte ihn sicher für völlig übergeschnappt gehalten oder ihm sogar unterstellt, er wolle sich mit solchen Lügengeschichten aus der Affäre ziehen.

In der Schule wurde viel geflüstert und getuschelt, aber es passierte nichts. Paul und seine Freunde hatten eine Verwarnung erhalten, die Lukas mit einer gelben Karte beim Fußball verglich. Einige der Mitschüler sahen Christian seit dem Auftauchen des Kommissars mit neugierigen Blicken an, ließen ihn aber in Ruhe. Paul und seine Kumpane waren einige Tage eher schweigsam, führten sich dann aber fast wieder so prahlerisch auf wie zuvor. Sie vermieden es allerdings, Christian zu ärgern oder Bemerkungen über das Schwert zu machen, wenn er in der Nähe war.

Oberkommissar Schwarz kam noch zweimal in die Schule, sprach aber nur mit Ernst Meister und dem Direktor. Er klingelte auch noch einmal abends bei Christian, als sein Vater gerade müde aus dem Büro kam und sich ärgerte, dass eine Grabung im Bereich der neuen U-Bahn nur sehr langsam vorankam.

Kommissar Schwarz wollte von Christian noch einmal alle Einzelheiten über seine Erlebnisse in der Laubenkolonie wissen. Christian konnte ihm nichts Neues sagen, rätselte er doch selbst herum, was diese merkwürdige Botschaft und dieses Hickhack mit den Schwertern sollte.

Frau Hebert-Glück, die ebenfalls befragt worden war, erzählte Schwarz von den Ereignissen während des Museumsbesuchs. Sie erwähnte, dass Paul sich das Holzschwert im Museumsladen gekauft und damit offenbar Christian geärgert hatte. Auch Christians Erlebnis im Steinsarg und sein seltsames Verhalten kamen zur Sprache.

Aber das brachte Schwarz nicht weiter. Das Originalschwert blieb diesmal spurlos verschwunden, und an Pauls Holzschwert hatten sich außer Pauls Fingerabdrücken keine weiteren Spuren befunden. Paul erzählte voller Stolz, dass man seine Fingerabdrücke genommen hatte, worauf Emma nur bemerkte: „Das erspart ihnen einige Arbeit, wenn sie dich demnächst verhaften werden."

Der Schulbetrieb ging weiter, und der geplante Ausflug nach Xanten rückte näher. Christian freute sich seltsamerweise darauf, obgleich er eigentlich die Nase voll hatte von Römern und Legionären.

Am Morgen des 19. Septembers schien die Sonne, und die Schüler trafen sich am Kölner Hauptbahnhof. Ihr Zug fuhr um kurz nach neun Uhr ab. Alle nahmen an dem Ausflug teil, mit Ausnahme von Peter, der angeblich erkältet war, in Wirklichkeit aber, wie alle wussten, von seinen Eltern als Strafe für seine Mittäterschaft an Pauls dummem Streich Hausarrest bekommen hatte: Er durfte weder an Ausflügen teilnehmen, noch ins Kino gehen, noch in den nächsten Wochen mit Paul spielen.

Kurz vor elf Uhr erreichte der Zug Xanten. Am Eingang des Archäologischen Parks empfing sie eine junge Frau namens Petra Grotherr, die sich als ihre Museumsführerin vorstellte. Sie brachte ihnen die Geschichte des Legionärslagers Xanten, das im ersten Jahrhundert nach Christus errichtet und im Jahre 70 bei einem Aufstand zerstört worden war, unterhaltsam nahe. Sie erzählte unter anderem, dass Xanten im Jahr 110 von Kaiser Traianus als Colonia Ulpia Traiana zu einem wichtigen Bollwerk römischer Macht am Niederrhein ausgebaut wurde.

Der Gang durch den Archäologischen Park dauerte anderthalb Stunden. Christian war beeindruckt und fand den Park wunderschön. Die Gebäude als Zeugen römischer Vergangenheit waren liebevoll nachgebaut oder neu errichtet worden. Sie vermittelten einen Eindruck davon, welche Ausmaße und welche Bedeutung Xanten vor 2000 Jahren besessen hatte.

Zum ersten Mal seit Wochen fühlte Christian sich entspannt und frei. Laura schien es ähnlich zu gehen. Nur Lukas wirkte nervös.

„Was ist mit dir?", fragte Christian ihn, als sie langsam auf das mächtige Römermuseum zugingen, das vor ihnen aufragte. Es war über den alten Thermen der Stadt errichtet worden.

„Ich weiß nicht. Irgendwie traue ich dem Frieden nicht", flüsterte Lukas. „Hoffentlich denken sich Paul und Co nicht wieder etwas aus."

„Ach was! Das glaube ich kaum. Die können doch nicht jedes Mal was aushecken. Das nächste Mal kriegen sie die rote Karte", behauptete Christian.

„Wenn du meinst", erwiderte Lukas. „Auf jeden Fall behalte ich die drei im Auge."

Inzwischen hatte die Klasse den riesigen Eingangssaal des Museums betreten. Rechts ging es zu den Thermen, geradeaus mitten hinein in die römische Geschichte.

Das Erste, was Christian sah, war das Grabmal des Marcus Caelius, das er erst vor kurzem im Rheinischen LandesMuseum in Bonn im wahrsten Sinne des Wortes erlebt hatte. Überrascht starrte Christian es an.

Da hörte er die Stimme von Petra Grotherr, die sagte: „Es ist nicht das Original. Das steht in Bonn. Da aber dieses Grab hier bei Xanten entdeckt worden ist, war es logisch, dass wir eine Kopie in unserem Museum haben."

Christian betrachtete den Grabstein nachdenklich. Hatte dieses steinerne Gesicht ihn in Bonn tatsächlich angelächelt, ihm zugeblinzelt und dann plötzlich diesen seltsamen Ausdruck von Zorn im Blick gehabt? ‚Das ist doch Schwachsinn', dachte Christian bei sich. Das waren vermutlich alles Folgen seiner Träume gewesen.

Seit der Entdeckung des Holzschwertes in der Asservatenkammer und dem erneuten Diebstahl des echten Schwertes waren seine Albträume ohnehin verschwunden. Zum Glück. Stattdessen träumte er von Kino, Schule und anderen harmlosen Dingen.

Er wandte sich rasch ab, denn er verspürte wenig Lust darauf, dass seine Fantasie wieder mit ihm durchging. Geistig ein wenig abwesend, folgte er seinen Mitschülern. Petra Grotherr erklärte gerade den Zweck der großen Amphoren und erläuterte, wie man damit Öl und Wein transportiert hatte. Sie ergänzte, dass diese Gefäße häufig nur einmal benutzt und danach nicht wieder verwendet wurden. Sie verstand es, ihre Zuhörer in den Bann zu ziehen. Auch Paul, Max und Hendrik hörten zu, und selbst Valentin, der meist unruhig wurde, wenn etwas länger als fünf Minuten dauerte – egal, ob im Unterricht, beim Sport oder beim Spielen – schien fasziniert von dieser Reise in die Vergangenheit.

Die Schüler erfuhren vieles über die berühmte Varusschlacht. Das römische Reich verlor damals drei Legionen, die nach Norden abgezogen worden waren und in der Schlacht im Gebiet des Teutoburger Waldes und am Fuß des Wiehengebirges fielen. Dies war ein ungeheurer Verlust, der Rom nach einigen Vergeltungsfeldzügen schließlich dazu brachte, sich auf die westliche Seite des Rheines zurückzuziehen.

Auch nach der Varusschlacht fand Xanten keine Ruhe. Das Lager wurde im Jahre 70 von den Batavern, einem Stamm vom Niederrhein, niedergebrannt. Es dauerte fast dreißig Jahre, bis sich die Region erholte und Xanten neu erblühte.

Die Klasse marschierte durch einen schmalen Tunnel, in dem beiderseitig ein Legionär in einem Video gezeigt wurde. Beide Soldaten sprachen Latein. Der eine der beiden Legionäre hatte einen italienischen Akzent, erkannte Christian, der andere klang sehr deutsch. Um nicht wieder unangenehm aufzufallen, schwieg er allerdings lieber und behielt diese Erkenntnis für sich, obgleich es ihm schwerfiel. Gerne hätte er den beiden schwatzhaften Soldaten, die von Wetter und Waffen, von Essen und Trinken und den Zuständen in ihrem Lager erzählten, länger zugehört, aber die Führerin drängte weiter.

Christian spähte noch einmal rasch zu den beiden Legionären hin, die sich gerade über ihren Job und die Landschaft der Region unterhielten. Er seufzte erleichtert. Keine besonderen Vorkommnisse mit diesen bewaffneten Herren, die weder ihre Schwerter in seine Richtung erhoben noch ihm zugeblinzelt hatten.

Doch gerade als er den Gang hinter sich ließ, stockte er. Hatte nicht einer der beiden Legionäre, der mit dem italienischen Akzent, zu seinem Gegenüber soeben gesagt: „Glaubst du, dass Titus Aristus wirklich der Verräter von Marcus Caelius war?"

Und Christian glaubte zu hören, wie der andere mit seinem starken deutschen Akzent antwortete: „Wer sollte es denn sonst gewesen sein?"

Und dann plauderten die beiden Herren wieder im frohen Wechsel über germanische Wälder und den sauren Wein, den es schon am Morgen zum Frühstück gab.

Christian war verwirrt. Hatte er das wirklich gehört oder sich alles nur eingebildet? Wenn er zehn Minuten wartete, würde er dem ganzen Dialog der beiden Soldaten noch einmal lauschen können. Aber die Zeit hatte er nicht.

Vorsichtig folgte er Petra Grotherr die Treppe in den ersten Stock hinauf und fragte leise: „Frau Grotherr, was genau erzählen sich die beiden Legionäre in dem Videofilm?"

„Das sind zwei Schauspieler, die einen festen Text sprechen", antwortete Petra Grotherr. „Sie reden über ihre Arbeit, über das Wetter, das Essen, die Gegend und alle möglichen Themen."

„Reden sie auch über die Varusschlacht?"

„Nein. Das gehörte nicht unmittelbar zu ihrem Erfahrungsbereich. Die Vorbilder für diese beiden Legionäre haben sowieso erst hundert Jahre nach der Schlacht gelebt. Aber sie sind ja auch nur fiktive Figuren."

Dann hatte er sich das also mal wieder eingebildet! Vielleicht konnte er ja auf dem Rückweg noch einmal durch den Gang gehen und versuchen, dem Gespräch zu lauschen. Er verstand das Latein der beiden recht gut, vor allem den Legionär mit dem italienischen Akzent. Seine eigene Aussprache ähnelte diesem Latein. Das hatte ihm in der Schule gelegentlich schon eine Ermahnung eingebracht, im Unterricht nicht Italienisch, sondern Latein zu sprechen. Christian versuchte, sich wieder auf die Führung zu konzentrieren.

Im oberen Stockwerk bestaunten die Schüler verschiedene Waffen und Rüstungen und gelangten schließlich zu den sprechenden Helmen. „Wenn ihr die aufsetzt, erzählt euch der Helm etwas von seinem Träger, also sozusagen von dem Legionär, auf dessen Kopf er saß. Dies sind natürlich keine Originalhelme, aber sie sind den echten nachempfunden", erklärte Petra Grotherr. „Wer möchte einen Helm aufsetzen?"

Es gab zwei Helme, und natürlich wollten alle. Zunächst trug Lukas den Helm, der ihm auf Deutsch Informationen zuraunte, dann folgten Laura, Emma und Jasmin, die das klobige Ding nur ungern auf ihre Locken setzte. Schließlich waren fast alle Schüler einmal „Helmträger" gewesen.

„Komm, Christian, versuche es auch mal", ermunterte ihn Ernst Meister.

Etwas widerstrebend setzte Christian den Helm auf. Zuerst hörte er gar nichts. Dann vernahm er laut und deutlich eine Stimme in seinem Helm, die ihm mit einem fremden Akzent sagte: „Mein Name ist Titus Aristus. Ich habe auf dich gewartet, Christian. Du hast mich schon in der Katakombe in der Severinskirche in der Mauer gesehen, aber mich nicht wahrhaben wollen. Ich brauche dich dringend. Geh noch einmal in die Katakomben der Kirche. Dort werde ich dir Einzelheiten erzählen. Salve!" Die Stimme verstummte.

Christian war totenbleich geworden.

„Na, was hat der Helm gesagt?", fragte Emma mit leichter Ironie. „Bei uns hat er weniger lange gebrabbelt, wobei ich ohnehin nicht viel verstanden habe."

Christian hielt den Helm in der Hand und starrte ihn geistesabwesend an. „Was ist? War der Helm zu schwer für dich oder die Stimme zu laut?“, fragte Petra Grotherr.

„Ich habe nichts verstanden“, stammelte Christian. „Darf ich den anderen Helm mal probieren? Ich glaube, dieser hatte eine technische Störung.“

„Das kommt schon mal vor. Manchmal haben die Dinger einen Aussetzer. Na ja, dann setz den anderen Helm auf.“ Christian setzte den anderen der beiden Helme auf. Eine freundliche Stimme begann auf Knopfdruck zu berichten, wozu ein Helm gebraucht wurde, aus welchem Material er bestand und wie die Rüstung der Legionäre ausgesehen hatte.

Christian war erleichtert. Also, mal wieder alles nur eingebildet! Wie kam er auf den Namen Titus Aristus? Erst die beiden Legionäre in dem Gang und nun diese Stimme. Woher hatte er diesen Namen? Und was sollte die Aufforderung, noch einmal in die Katakombe zu gehen? Gut, er hatte bei dem ersten Besuch das Gefühl gehabt, ein Gesicht in der Mauer zu sehen. Aber das entsprang doch alles nur seiner lebhaften Fantasie.

Vorsichtig legte er den Helm zurück und wollte seiner Klasse folgen, doch irgendetwas zwang ihn, noch einmal den ersten Helm auf den Kopf zu stülpen. Und da vernahm er wieder die Stimme, die diesmal drängender, heiserer und fast flehentlich bat: „Geh in die Katakombe. Lass mich nicht im Stich! Ich brauche deine Hilfe, um meine Unschuld zu beweisen. Du bist es, auf den ich 2000 Jahre gewartet habe.“

Die Stimme verstummte, im Helm war nur noch ein dumpfes Dröhnen zu vernehmen. Christian riss sich den Helm vom Kopf. „Ich bin verrückt geworden“, dachte er. „Absolut verrückt!“ Er stolperte hinter seinen Klassenkameraden her, und der Rest der Führung versank für ihn in einem Nebel.

In der Eingangshalle versammelten sich noch einmal alle um Petra Grotherr, um ihr für die Führung zu danken. Sie lächelte freundlich. Während alle Kinder sich noch ein paar Andenken in dem kleinen Museumsladen kaufen wollten, blieb Christian stehen.

„Willst du dir nichts kaufen?“, fragte Petra Grotherr.

„Vielleicht. Aber ich habe da noch eine Frage: Wissen Sie etwas von einem Mann, der Titus Aristus hieß und wohl Legionär war?“

Petra Grotherr sah ihn erstaunt an. „Wie kommst du auf diesen Namen?“

„Ich habe ihn irgendwo gehört“, wich Christian aus.

„Das ist seltsam“, sagte die Archäologin. „Wir haben vor einiger Zeit bei Grabungen einen Stein mit einer Aufstellung von Soldaten, die Marcus Caelius als Adjutanten nahestanden, entdeckt. Ein Name auf der Liste ist offenbar gelöscht worden. Er konnte zum Teil rekonstruiert werden. Wir haben ihn als T… Arist entziffert. Ob es nun Titus, Tullius oder Tadius heißt, wissen wir nicht. Wer hat dir diesen Namen genannt?“

„Ach, ich dachte, die beiden Videolegionäre hätten ihn genannt“, sagte Christian.

„Auf keinen Fall! Daher kannst du ihn nicht haben.“ Petra Grotherr sah Christian misstrauisch an.

„Mein Vater ist Archäologe. Vielleicht hat er mal davon gehört“, versuchte Christian auszuweichen.

Petra Grotherr nickte. „Ja, ich weiß. Du bist der Sohn von Dr. Ferber. Ich habe deinen Vater vor ein paar Jahren auf einem Archäologenkongress in Rom getroffen. Ich wüsste aber nicht, wer ihm von unserem Stein erzählt haben könnte.“

„Warum wurde der Name denn gelöscht?“, fragte Christian schnell, ehe Petra Grotherr davoneilen konnte. Sie hatte sich schon halb abgewandt und drehte sich noch einmal kurz um. „Er muss in irgendein Verbrechen verwickelt gewesen sein – Verrat, Mord, Fahnenflucht. Oder er war feige und hat seine Legion und seinen Offizier in der Schlacht im Stich gelassen. Das werden wir wohl nicht mehr erfahren. Viel Spaß noch und grüße deinen Vater von mir!“ Und damit war sie verschwunden, um vor der Tür die nächste Schulklasse zu begrüßen.

Nachdenklich ging Christian zum Grabmal des Marcus Caelius und betrachtete das Abbild des in der Varusschlacht gefallenen Offiziers. „Ich mag ja verrückt sein. Aber ich gehe noch mal in die Katakombe. Vielleicht erfahre ich dort mehr über deinen alten Kampfgefährten Titus Aristus", murmelte er.

Es versetzte Christian nicht mehr in Angst und Schrecken und überraschte ihn nicht, als er sah, wie sich der Mund des Mannes zu einem Lächeln verzog. Christian nickte dem steinernen Bild zu. „Wir werden ja sehen", sagte er leise, „ob es diesen Titus Aristus wirklich gegeben hat und welche Rolle er in deinem Leben gespielt hat, Marcus Caelius."

DER GEIST DER KATAKOMBEN

Auf der Rückfahrt nach Köln saß Christian in Gedanken versunken im Zug und achtete nicht auf seine lauten und vergnügt lärmenden Klassenkameraden. Laura und Lukas bemerkten, dass ihn etwas beschäftigte, und setzten sich zu ihm.

„Was ist los?“, fragte Lukas besorgt.

Und Laura meinte: „Du hast nach diesem komischen sprechenden Helm richtig blass ausgesehen. Was war los?“

Christian kämpfte mit sich. Sollte er den beiden Freunden anvertrauen, was er in letzter Zeit in den Museen und in der Taverne, in der Severinskirche und in seinen Träumen und nun auch mit dem sprechenden Helm in Xanten erlebt hatte? Würden ihn die beiden für verrückt erklären? Für einen totalen Spinner halten? Die seltsame Geschichte mit dem Schwert hatten sie ja miterlebt, auch wenn sie sich keinen Reim darauf machen konnten.

„Na komm schon“, drängte Laura, „was ist passiert?“

Christian flüsterte: „Lasst uns bitte woanders hingehen, wo nicht alle mithören können.“

Paul hatte ihm nämlich schon wieder neugierige Blicke zugeworfen, sich aber zurückgehalten. Er war heute ohnehin für seine Verhältnisse friedlich geblieben. Nur im Museumsladen hatte er laut getönt und sich beschwert, dass es keine T-Shirts mit blutigen Schwertern gebe und alle anderen Angebote nur langweiliges Zeug seien. Jetzt aber saß er neben Max im Zug und prahlte damit, dass er einen tollen Brieföffner gefunden habe, der aussehe wie ein römischer Dolch. Er konnte es einfach nicht lassen!

Christian ging mit Lukas und Laura in einen anderen Zugwaggon. Er räusperte sich und fing an zu erzählen. Er begann mit seinem Traum und beschrieb den grimmig dreinblickenden Soldaten, das blutige Schwert und das Gefühl, verfolgt zu werden und sich in tödlicher Gefahr zu befinden. Dann schilderte er seine merkwürdigen Erlebnisse im Rheinischen LandesMuseum in Bonn, seine Ängste beim Anblick des Schwertes in der Vitrine im Römisch-Germanischen Museum und sein Erlebnis in der Taverne. Als er versuchte wiederzugeben, was er im sprechenden Helm gehört hatte, warf Laura ihm einen sehr beunruhigten Blick zu. Auch Lukas schien bei aller Aufmerksamkeit, die er den Erzählungen seines Freundes geschenkt hatte, eher verstört als überzeugt zu sein.

Seinen Eindruck, dass Marcus Caelius ihn in Xanten mit einem eigenartigen Lächeln bedacht hatte, erwähnte Christian nicht. Er schloss mit der Aussage von Petra Grotherr, dass man in römischer Zeit versucht hatte, den Namen von Titus Aristus von dem Gedenkstein zu tilgen, und fragte sich, was die Gründe dafür gewesen sein könnten.

„Vielleicht war er ein Mörder oder ein Verräter, oder er wurde unschuldig beschuldigt – das gibt es doch oft genug“, fügte er hinzu.

„Du siehst zu viele Krimis und Horrorfilme“, rutschte es Lukas heraus.

„Du glaubst mir also nicht?“

„Ich glaube dir schon. Aber was du erzählst, klingt ziemlich wild. Und sehr unwahrscheinlich.“

Laura sah Christian nachdenklich an. „Das ist der Stoff, aus dem Filme gemacht werden.“

Was sollte dieser Vergleich! Christian unterbrach sie ärgerlich: „Das hat nichts mit Filmen zu tun. Ich habe das alles so erlebt! Selbst wenn ich mir davon einiges nur eingebildet habe, steckt sicher was dahinter. Wenn ihr mir nicht glaubt, gehe ich allein in die Katakombe und gucke, ob sich da was tut.“

Er sah seine Freunde wütend an und spürte, wie ihm die Tränen in die Augen stiegen. Schnell schloss er sie, damit die beiden es nicht bemerkten. Da fühlte er eine Hand auf seinem Arm und hörte Laura sagen: „Tut mir leid. Ich helfe dir auf jeden Fall. Wer weiß, vielleicht gibt es wirklich Geister. In Irland, wo meine Mutter mal am Theater gearbeitet hat, glauben viele Menschen an Gespenster. Und spannend ist das auf jeden Fall."

Lukas nickte. „Okay, wir helfen dir beide. Wir kommen mit in die Katakombe. Gleich morgen!"

In dieser Nacht träumte Christian zwar nicht von Verfolgungsjagden und Legionären, aber er war am Morgen trotzdem sehr unruhig. Der Gedanke an einen erneuten Besuch in der Katakombe belastete ihn und verdarb ihm sogar den Appetit. Sein Vater war wie immer sehr beschäftigt, hatte aber für den Abend einige Freunde und Kollegen eingeladen. Christian versprach, ihm zu helfen und den Tisch zu decken. Das Essen sollte von einem Partyservice gebracht werden.

„Wir sind mit dir acht Personen", erklärte der Vater. „Du kannst gerne mitessen. Aber wenn es dir zu langweilig wird, musst du nicht dabeibleiben."

‚Wenn doch nur schon Abend wäre', dachte Christian, als er eine Stunde später an der Kirche ankam. Lukas und Laura warteten schon auf ihn. Sie gingen gemeinsam in die Kirche, wo gerade eine Touristengruppe geführt wurde. Doch die war weit vorne im Kirchenschiff.

„Du solltest wohl lieber alleine in diese Gruft gehen. Oder meinte die Stimme die Krypta?", fragte Lukas.

„Nein, ich soll in die Katakombe gehen, wo diese vier römischen Gräber gefunden wurden."

„Es gibt ja viele Kirchen in Köln, wo du mit Geistern Kontakt aufnehmen kannst", scherzte Laura. „Hier findest du überall Gräber und alte Friedhöfe."

Christian antwortete nicht, sondern steuerte zielstrebig auf den Ort zu, den ihm der sprechende Helm genannt hatte. Hier war es sehr dämmrig. Die Stimmen aus dem vorderen Teil des Kirchenschiffes klangen wie aus weiter Ferne. Die Stille wirkte fast unheimlich. Die Schatten in dem kleinen Raum schienen Christian von allen Seiten zu bedrängen. Er holte tief Luft und hätte gerne gepfiffen, um sich Mut zu machen. Aber das war wohl nicht der richtige Ort dafür.

Langsam ging er auf die Stelle zu, wo er vor wenigen Wochen das Gesicht zu sehen geglaubt hatte. Nichts. Nur Steine und ein eigenartiger Geruch. Der kleine Raum wirkte seltsam verlassen, die Steine strahlten eine Kälte aus, die vergessen ließ, dass noch Sommer war und der Herbst erst in zwei Tagen begann. Aber sonst war da nichts: Kein Gesicht, keine Augen, die ihn ansahen, und schon gar keine Stimme, die zu ihm sprach. Aber ihn überraschte das nicht. Eigentlich fühlte er sich erleichtert.

Schon wollte er sich abwenden und zu seinen Freunden zurückkehren, um ihnen zu sagen, dass er sich da wohl in eine Sache verrannt hatte. Dann würde er nach Hause radeln, seinem Vater bei der Vorbereitung des Essens helfen, ein Buch lesen und versuchen, alles zu vergessen.

Das Rätsel um das Schwert war auch nicht mehr seine Sache. Damit sollte sich Kommissar Schwarz auseinandersetzen, der inzwischen eine Bande von Antiquitätenräubern in Verdacht hatte. Seit ein paar Jahren führte sie raffinierte Diebstähle in Museen und bei Kunstsammlern durch, und vor einigen Monaten hatte sie aus einem Museum in Berlin eine ägyptische Totenmaske im Wert von zwei Millionen Euro gestohlen.

Gerade wollte Christian die Grabkammer, die ihn mit Beklemmung erfüllte, verlassen, als er deutlich eine leise Stimme hörte. Er erkannte sie wieder: Es war die Stimme aus dem sprechenden Helm.

„Christian", flüsterte die Stimme, die heiser und brüchig klang, „schön, dass du gekommen bist. Ich habe nicht viel Zeit. Deshalb höre mir zu: Ich bin Titus Aristus, den man verdächtigt hat, an einem Mordkomplott gegen Marcus Caelius mitgewirkt zu haben. Aber ich bin unschuldig. Ich bin weder ein Verräter noch ein Mörder! Ich bin damals verraten und von dem eigentlichen Täter getötet worden. Die Schuld am Tod von Caelius wurde mir angelastet, und seither ist mein Name unehrenhaft. Man hat ihn von meinem Grabstein gelöscht und niemals versucht, mir Gerechtigkeit widerfahren zu lassen. Denn der eigentliche Verräter hat alles daran gesetzt, dass an meiner Schuld kein Zweifel bestand. Seitdem finde ich keine Ruhe und suche Gerechtigkeit. Der wahre Täter muss gefunden werden! Erst dann bin ich reingewaschen von dieser Tat. Nur alle 500 Jahre darf ich jemanden suchen, der mir hilft, die Wahrheit ans Licht zu bringen. Schon dreimal war meine Suche vergeblich. Dreimal habe ich niemanden gefunden, der mutig genug war, dieses Wagnis einzugehen. Aber jetzt ist es wieder so weit, und du bist mein Auserwählter. Vielleicht ist dies meine letzte Gelegenheit, meine Unschuld zu beweisen."

Die Stimme, die dumpf aus den Steinen gedrungen war, brach jäh ab. Christian starrte auf die Mauer. Zögernd fragte er: „Aber warum ausgerechnet ich? Warum sollte ich der Richtige für dich sein?" Noch während er dies sagte, dachte er: ‚Ich muss völlig plemplem sein. Ich rede mit einer Mauer!'

Die Stimme aus den Steinen antwortete ruhig: „Du hast den wahren Mörder und Verräter in deinem Traum gesehen. Er verfolgt dich, und du hast ihn bereits mehrmals gespürt. Das ist das Zeichen, dass du der Richtige bist!"

Christian glaubte ein leises Lachen zu hören, das merkwürdig hohl aus der Mauer tönte.

„Ich verstehe nichts mehr", erklärte er und sagte damit die Wahrheit.

Ein Seufzer drang aus der Wand, sacht wie ein Windhauch. „Du musst mir glauben! Ich kann dir jetzt nicht alles erklären. Ich selbst weiß nicht genau, wer der Verräter war. Es gibt mehrere Verdächtige. Du musst selbst in die Vergangenheit reisen, um dieses Rätsel zu lösen und den wahren Verräter zu entlarven. Nur dann werde ich endlich frei sein."

„Was?" Christian schnappte nach Luft.

„Der Mann, der die Tat wirklich begangen hat, wurde reich dafür belohnt. Er hat sich von dem Blutgeld in Köln ein neues Leben geschaffen. Doch er ist ein Mörder geblieben, allzeit bereit, für Geld seine Seele zu verkaufen. Es kommen drei Legionäre infrage, alle drei damalige Freunde von mir. Sie haben sich nach der Schlacht in Köln als Kriegsveteranen niedergelassen und konnten sich plötzlich große Häuser im Villenviertel am Rheinufer leisten."

„Von welcher Zeit sprechen wir eigentlich?“, fragte Christian verwirrt.

„Von der Zeit, als Köln, 41 Jahre nach der Varusschlacht, eine richtige Stadt wurde. Agrippina Minor, die in Köln als Tochter des Germanicus geboren wurde, machte aus der eher unbedeutenden Siedlung von Ubiern und Römern eine berühmte Stadt. Nach eurer Zeitrechnung müsste das wohl das Jahr 50 sein“, flüsterte die Stimme, die immer leiser wurde und erschöpft klang. „Alles Weitere werde ich dir sagen, wenn du in die Vergangenheit gereist bist.“

„Wie soll das funktionieren? Mit einem Auto wie in *Zurück in die Zukunft*, mit dem Marty McFly herumgerast ist?“, fragte Christian unwillig.

„Ich kenne keinen Herrn Marty“, erwiderte die Stimme mit einem etwas verärgerten Unterton. „Du musst in kein Gerät steigen, um in die Vergangenheit zu reisen. Du musst nur in eine der vielen Baustellen hinuntersteigen, wo in den vergangenen Monaten Teile eines römischen Schiffs oder ein Teil der Stadtmauer freigelegt wurden. Alles Weitere ergibt sich dann.“

„Und warum kann ich nicht gleich hier durch die Mauer gehen? Oder unter dem Kölner Dom in die Vergangenheit spazieren oder in irgendein Kanalrohr steigen?“, fragte Christian.

Die Stimme klang ungehalten. „Rede keinen Unsinn! Diese Wege führen schon lange nicht mehr zurück. Aber einige Tore in die Vergangenheit sind noch offen. Suche dir eines und folge dem Weg! Wir treffen uns dort. Mehr kann und will ich dir nicht sagen.“

Aus der Mauer ertönte ein knallendes Geräusch, als ob eine Tür zugeschlagen würde, und dann war da nur noch Schweigen.

Christian starrte die Wand an. Er war verrückt geworden. Verrückt! Völlig verrückt! Aber die Stimme hatte lebensecht geklungen, wobei er nicht einmal mehr sagen konnte, welche Sprache sie gesprochen hatte: Latein, Deutsch, Italienisch, Englisch? Oder hatte er die Stimme nur in seinem Kopf gehört? Oder steckte vielleicht ein Tonbandgerät in den Steinen, mit dem man Touristen einen Streich spielen wollte?

Christian fuhr mit der Hand über die Mauer – nichts. Nur solide alte Steine ohne auffallende Furchen oder Ritzen. Christian zog seine Hand von der kühlen Wand zurück. Gab es also doch Geister? Was war wahr, was eingebildet? Auf jeden Fall war es Zeit, zu Lukas und Laura zurückzukehren und ihnen von dieser sonderbaren Begegnung der dritten Art zu berichten.

Als er den Raum verlassen wollte, sah er am Fuß der Mauer etwas blinken. Er bückte sich und entdeckte eine Münze. Vorsichtig hob er sie auf. Sie war eindeutig alt und eindeutig römisch. Nur mühsam konnte er in dem Dämmerlicht der Gruft die Inschrift entziffern: *Imp Nero Caesar Aug*. Also eine Münze aus der Regierungszeit Kaiser Neros.

Mit der Münze in der Hand trat Christian aus der Grabkammer in das Kirchenschiff. In der hintersten Bank saßen Lukas und Laura. „Schon wieder da?“, fragte Laura.

„Wieso?“

„Du warst gerade mal fünf Minuten weg“, sagte Lukas.

Christian sah die beiden ungläubig an. Die Begegnung mit dem Geist sollte nur so kurz gewesen sein? Ihm kam es wie eine volle Stunde vor.

„Und?“, fragten beide gleichzeitig.

Christian öffnete seine Hand und zeigte ihnen die Münze. „Ab heute glaube ich an Geister“, sagte er nur und ging mit schnellen Schritten aus der Kirche ans Tageslicht. Laura und Lukas folgten ihm mit ungläubigem Blick.

UNTERWELT

Bei einem Eis erzählte Christian seinen Freunden von der Stimme in der Mauer. Die beiden sahen ihn fassungslos an. „Sag mal, seit wann reden denn Steine mit dir?", wollte Lukas wissen und konnte dabei ein Grinsen nicht ganz unterdrücken.

Auch Laura blickte ungläubig drein. Christian merkte, dass die beiden offenbar – und das war ja verständlich – Probleme mit seinem Bericht hatten.

„Seht euch doch diese Münze an! Die lag nach dem Gespräch auf dem Boden an der Mauer. Und sie stammt aus der Regierungszeit von Kaiser Nero. Der war der Sohn von dieser Agrippina, die Köln zu einer wichtigen Stadt hat ausbauen lassen."

„Die Münze ist doch kein Beweis", antwortete der immer ein wenig nüchtern denkende Lukas. „Dein Vater ist Archäologe und hat doch sicher auch alte Münzen gesammelt. Da könntest du doch eine eingesteckt haben, die dir nun aus der Tasche gepurzelt ist!"

Christian sah seinen Freund traurig an. „Hältst du mich für einen Spinner oder einen Angeber, oder was? Ich dachte, wir wären Freunde!"

Laura schaute betreten zu Christian. Ihr erster Eindruck von ihm war damals wirklich gewesen, dass er dazu neigte, mit seinen Erfahrungen aus Rom und seinen Sprach- und Geschichtskenntnissen zu prahlen. Dann allerdings hatte sich ihr Bild von ihm gewandelt, und jetzt mochte sie ihn. Aber dennoch kam ihr das alles sehr fantastisch vor.

Sie hatte sich so ihre eigenen Gedanken über die Geschichte mit dem gestohlenen Schwert gemacht. Eigentlich glaubte sie nicht an Geister und Märchen, doch Gruselgeschichten hatte sie schon immer geliebt. Sie hatte sogar einmal gehofft, selbst einem Geist zu begegnen, als sie mit ihren Eltern in einem Hotelschloss in England übernachtet hatte. Das Schloss war 600 Jahre alt und sollte angeblich mehrere Gespenster beherbergen. Aber natürlich hatte sie keines zu Gesicht bekommen. Beim besten Willen: Was Christian nun erzählte, erschien ihr dann doch zu verrückt.

Lukas schien es genauso zu ergehen. Er legte freundlich seine Hand auf Christians Arm und meinte: „Ich glaube, wir haben dein Spiel lange genug mitgespielt, jetzt müssen wir mal wieder was anderes unternehmen – keine Museumsbesuche und keine Kirchen mehr!"

Christian sprang auf. „Gut, ihr haltet für mich für überspannt und glaubt mir nicht. Ich kann euch das nicht einmal übel nehmen. Es klingt echt wahnsinnig. Aber es ist die Wahrheit, und ich habe diese Münze wirklich dort an der Mauer gefunden. Sie kann gar nicht aus der Sammlung meines Vaters sein. Er hat nur Münzen aus der Zeit von Kaiser Augustus und Kaiser Tiberius gesammelt. Ich versuche weiter, der Sache auf den Grund zu gehen!"

„Und was ist, wenn dich jemand reingelegt hat? Wenn wieder Paul dahintersteckt, der irgendetwas von deinen Erlebnissen mitbekommen hat? Vielleicht hat jemand die Stimme abgespielt?"

„Blödsinn! Ich habe mich doch mit ihr unterhalten. Das konnte nicht abgespult werden", konterte Christian. „Und außerdem habe ich die Mauer genau abgetastet. Da kann keiner ein Tonbandgerät oder etwas Ähnliches versteckt haben. Die Mauer ist dick und sehr solide."

„Aber vielleicht hat sich jemand irgendwo in der Kirche versteckt und einen Geist gespielt", warf Laura ein.

„Ich gebe es auf", seufzte Christian, der sich plötzlich sehr müde fühlte. „Ich gehe nach Hause. Aber morgen mache ich mich auf die Suche nach einer U-Bahn-Baustelle, bei der man schon römische Funde gemacht hat. Vielleicht ist da wirklich ein Zeittunnel."

„Du liest zu viele Fantasyromane und siehst zu viele Science-Fiction-Filme", war alles, was Lukas entgegnete.

Wütend stürmte Christian davon. Was war er doch für ein Idiot, dass er gehofft hatte, seine beiden Freunde würden ihm glauben, ihm helfen, ihn bei seinem Abenteuer unterstützen.

Als Christian zu Hause ankam, hatte sein Vater gerade damit begonnen, das Geschirr und Besteck für den Abend herauszulegen. „Gut, dass du kommst", sagte er. „Wir haben viel zu tun."

Gerne hätte Christian ihn nach einigen wichtigen Grabungsorten gefragt, aber das würde er wohl alleine im Internet recherchieren müssen. Sein Vater hatte jetzt den Kopf mit anderen Themen voll. Gegen 17 Uhr kamen die Leute vom Partyservice, und ehe sich Christian versah, war es Abend und die Gäste trafen ein.

Alle waren sehr nett, einige brachten ihm Schokolade mit. Ein älterer Herr, der sich als Franz Middelhof vorstellte und früher Restaurator am Römisch-Germanischen Museum gewesen war, schenkte ihm ein Buch über Köln.

Es enthielt eine ausführliche Schilderung aller römischen Ausgrabungsstellen, eine Darstellung des unterirdischen Köln und alte Stadtansichten und Stadtpläne. Allerdings stammte das Buch aus dem Jahr 2001, sodass die jüngsten Forschungsergebnisse nicht aufgeführt waren. Dennoch freute Christian sich.

Der Abend verlief in bester Laune. Die Einzige, die Christian störte, war eine gewisse Gerda Spitzer, die alleine gekommen war und seinen Vater anzuhimmeln schien. Sie lächelte ihn die ganze Zeit zuckersüß an, klimperte mit ihren Wimpern und hing an seinen Lippen, als er von seiner Arbeit und einigen neuen Entdeckungen erzählte.

Gerda Spitzer war ein bisschen jünger als Christians Mutter und eine vollschlanke Frau mit gesträhnten blonden Haaren. Zum Glück schien der Vater diese plumpen Annäherungsversuche entweder nicht zu bemerken oder nicht zu beachten. Auf jeden Fall wirkte Gerda Spitzer irgendwann ziemlich enttäuscht. Umso besser!

Christian verzog sich nach dem Nachtisch, einem wirklich köstlichen Tiramisu, in sein Zimmer. Er wollte noch ins Internet und nach einem geeigneten Ort für seine Reise in die Vergangenheit fahnden. Während er im Netz surfte, kam er sich ein bisschen idiotisch vor. Glaubte er wirklich daran, dass er ein Tor in die Vergangenheit finden würde, wie die Geisterstimme prophezeit hatte? Was in Romanen und Filmen logisch erscheinen mochte, war in der Wirklichkeit natürlich unvorstellbar. Und trotzdem! Außerdem machte es ihm durchaus Spaß, sich mit den Grabungen im Raum Köln zu befassen.

Er entdeckte dabei viele Informationen über Funde, die auch die Arbeit seines Vaters betrafen. Man hatte zum Beispiel in zwölf Metern Tiefe die Reste eines Schiffes entdeckt, das gut und gerne 2000 Jahre alt war und einst als Lastschiff den Rhein hinauf- und hinuntergefahren war. Und es waren, wie die Geisterstimme es auch erwähnt hatte, Teile der Stadtmauer und eines Tors gefunden worden. Christian versank in den Schilderungen dieser Entdeckungen.

Wo aber sollte er mit seiner ganz privaten Suche beginnen? Man konnte nicht einfach auf eine der Baustellen marschieren und dann sozusagen „abtauchen". Sein Vater, das wusste er, arbeitete derzeit in einer riesigen Baugrube direkt hinter der Philharmonie, ganz in der Nähe des Römisch-Germanischen Museums. Dort hatte man Reste einer alten Häuserwand und alter Wandbemalung entdeckt. Es war die größte Grube für den Bau der neuen U-Bahn, ein riesiges Projekt, das immerhin dazu geführt hatte, dass Christians Vater Rom verlassen hatte und nach Köln gegangen war.

Ob er hier einen Einstieg suchen sollte? Oder sollte er es am Chlodwigplatz versuchen? Oder in der Nähe des Heumarktes, wo es eine riesige, endlos tiefe Baugrube gab, in die man durch kleine Fenster im Bauzaun bis in die Tiefe blicken konnte?

Aber er war sich nicht sicher, ob diese Baustelle als Ausgangspunkt für eine Reise in die Vergangenheit geeignet war. Er würde es bei der großen Baugrube am Rhein versuchen – und das gleich morgen! Irgendwie würde er da schon hineinkommen. Vielleicht könnte er ja seinen Vater überreden, mit ihm einen Ausflug dorthin zu machen, um ihm vor Ort etwas über die Grabungsergebnisse zu erzählen! Zufrieden schaltete Christian seinen Laptop ab und kletterte ins Bett. Das Abenteuer konnte beginnen.

Der nächste Tag war kühl und bedeckt. Am Vormittag riefen erst Lukas und dann Laura an, um sich für ihre Worte ihm gegenüber zu entschuldigen. Christian reagierte freundlich, aber zurückhaltend. Beim Frühstück fragte er seinen Vater ganz nebenbei, ob er ihm nicht mal etwas von den Grabungsarbeiten im Rahmen des U-Bahn-Baus zeigen könnte.

„Seit wann interessiert dich das?“, fragte Herr Ferber erstaunt.

„Ach, diese Frau Gerda Dingsbums hat mich gestern darauf gebracht“, flunkerte Christian.

„Frau Spitzer? Sie ist die Assistentin von Professor Regentau, der als Fachmann für alte Hafenanlagen gilt, aber leider gestern keine Zeit hatte. Seine Frau ist krank“, sagte der Vater.

So genau hatte Christian das nun auch nicht wissen wollen. „Findest du die Spitzer nett?“, fragte er dann aber doch.

„Die ist okay, aber sie schminkt sich immer, als ob gerade Karneval wäre“, antwortete der Vater. Christian beobachtete ihn genau. Er schien das ernst zu meinen. Christian fühlte eine gewisse Erleichterung. Also keine Gefahr aus dieser Richtung!

„Also, können wir dahin heute einen Ausflug machen?“, kam er zu seinem vorherigen Thema zurück.

„Wenn du unbedingt möchtest. Viel werden wir nicht sehen, denn in bestimmte Teile der Grabungen dürfen wir nicht einfach so hinein. Willst du Lukas und Laura nicht mitnehmen?“

Christian zögerte. Aber dann fand er diesen Vorschlag gar nicht so übel. Es könnte für ihn ein gutes Alibi sein, wenn seine zwei besten Freunde an diesem kleinen Ausflug teilnahmen. Und wirklich hatten beide an diesem Tag nichts anderes vor und zeigten sich begeistert von Christians Einladung. Am frühen Nachmittag kamen sie vorbei, ein wenig verlegen. Doch Christian erwähnte die Ereignisse vom Vortag mit keinem Wort, und so fuhren sie beruhigt mit ihm und seinem Vater in die Stadt.

In der Tiefgarage in der Nähe des Doms parkte Dr. Ferber seinen Wagen, und sie gingen die paar Schritte zu Fuß. Wie immer war rund um den Dom eine Menge los. Touristen aus aller Welt wimmelten wie die Ameisen auf dem Domplateau herum, überall klickten Kameras, Reiseleiter scheuchten ihre Gruppen in die Kirche und quer über den Platz, Skater sausten vorbei und zeigten ihre atemberaubenden Kunststücke direkt vor dem Römisch-Germanischen Museum, Akrobaten traten auf, ein Mann in römischer Toga mimte eine Statue, ein Künstler malte direkt vor dem Dom eine Heiligendarstellung auf das Pflaster, und ein junger Mann spielte auf seiner Geige herzerweichende Melodien, die, wie Christian zu erkennen glaubte, von Mozart stammten.

Endlich hatten sie sich ihren Weg durch das sonntägliche Gewühl gebahnt und standen vor der Baugrube. Aus einem Bauwagen holte der Vater einige grellgelbe Helme, die alle vier aufsetzten, und dann stiegen sie eine provisorische Treppe hinunter in die Grube, in der man Relikte aus römischer Zeit entdeckt hatte. Neugierig sah Christian sich um. Der Boden war weich und schwammig. Sein Vater begann zu erklären, was man hier gefunden und welche Bedeutung dies für die römische Stadt Köln gehabt hatte, die eine der wichtigsten Handelsstädte in jener Zeit gewesen sei und so weiter. Christian hörte nicht richtig zu.

Einerseits kannte er viele dieser Geschichten schon, andererseits suchte er aufmerksam nach irgendeinem Gang oder einem Schacht. Er glaubte sogar, den Rhein ganz in der Nähe rauschen zu hören. Das konnte aber auch der Verkehr sein.

Während Lukas und Laura seinem Vater andächtig zuhörten und mit ihm herumstapften, wurde Christian zunehmend unruhiger. War dies der falsche Ort? War das alles vielleicht doch nur eine Täuschung gewesen? Vielleicht war die Münze tatsächlich von einem Besucher der Kirche verloren worden? Aber warum dann gerade eine Nero-Münze, die für Christian seit seinen Albträumen eine bestimmte, wenn auch für ihn bisher nicht einschätzbare Bedeutung hatte?

Es musste doch einen Sinn ergeben, dass der Geist ihn in das Jahr 50 und nicht in das Jahr der Varusschlacht locken wollte.

Christian hielt jäh in seinen Überlegungen inne. Er war, ein wenig abseits vom Rest der kleinen Gruppe, in den Schatten einer Mauer gelangt und sah plötzlich eine Öffnung vor sich, aus der ein kühler Windhauch wehte. Zögernd trat er auf den Spalt zu. Er war etwa anderthalb Meter hoch und knapp einen Meter breit. Dahinter gähnte absolute Dunkelheit.

Christian beugte sich nach vorne, um in das Dunkel hineinzuspähen. Feuchte, kühle Luft schlug ihm entgegen. Es roch nach Schlamm und Moder. Er sah sich nach seinem Vater und den beiden anderen um. Sein Vater sagte offenbar etwas Lustiges, denn Lukas und Laura lachten beide laut auf.

Langsam schob sich Christian näher zur Öffnung in der Mauer. Einen Augenblick zögerte er. Dann schlüpfte er hindurch. Er musste dabei seinen Kopf einziehen.

Er sah nichts. Vor ihm nur Finsternis. Und der Geruch wurde stärker. Ja, es war eindeutig Moder, aber auch ein Hauch von Salz lag in der stickigen Luft jenseits der Öffnung. Dieser Geruch erinnerte Christian an den Hafen von Neapel, wo er im vergangenen Jahr mit seiner Tante gewesen war. Noch ein Schritt. Und noch einer.

Christian drehte sich um. Er sah seine Freunde im Gegenlicht wie aus weiter Ferne. Sie wirkten wie Nebelschwaden am Horizont. Er würde gleich wieder umkehren – nur noch einen winzigen Schritt ...

Die Dunkelheit zog ihn magisch an. Sie schien ihn geradezu aufzusaugen. Er tapste immer weiter in die Finsternis und wünschte, er hätte eine Taschenlampe mitgenommen. Wie durch eine Wand aus Watte hörte er, wie Lukas und Laura nach ihm riefen. Ihre Stimmen kamen von weit, weit her. Irgendwo vom Rande des Universums.

Sie konnten ihn nicht mehr sehen in dieser dunklen Höhle, die ihn verschluckt hatte. Sein Vater war ein paar Schritte weitergegangen und hatte gar nicht bemerkt, dass die beiden Kinder ihm nicht mehr folgten.

Laura und Lukas liefen vor der Öffnung auf und ab, aber nahmen sie nicht wahr. Christian rief laut: „Hier bin ich! Hier drinnen!“ Ihn überkam ein Frösteln. Weshalb sahen sie diese Öffnung denn nicht? Sie war doch gar nicht so klein.

Seine Stimme klang heiser und krächzend, als er versuchte, nach Laura zu rufen. Und dann versagte sie ganz. Es war, als ob sich eine Schlinge um seinen Hals legte. Ihn überkam Panik. Schnell zurück! Schnell wieder hinaus aus dieser düsteren Höhle, in der es nach Meer und Moor, nach Abfall und Verwesung roch.

Doch ein starker Sog riss ihm die Beine weg und wirbelte ihn in die Finsternis hinein. Kurz kam seine Stimme zurück, und er brüllte: „Laura, Lukas, ich bin hier drinnen! Hilfe! Helft mir doch!“ Die Wände schienen auf ihn zu stürzen, und ein großer, bunter Wirbel trug ihn fort – weiter und immer weiter. Das Letzte, was er hörte, war eine leise Stimme, die murmelte: „Du hast es geschafft!“

COLONIA CLAUDIA ARA AGRIPPINENSIUM

Es war unglaublich laut. Ein wildes Gewirr von Stimmen, Geräuschen, Gekreische, Rattern und Knarren lag in der Luft. Einfach furchtbar! Das war der lauteste Traum, den Christian jemals gehabt hatte.

Langsam öffnete er seine Augen. Und dann fielen die Bilder über ihn her, die zu den Geräuschen gehörten: Menschen liefen in fremdartigen Gewändern vorbei, ein großer Karren mit Holzrädern ratterte über die Straße, Körbe wurden über den steinernen Boden geschleift, eine Frau hockte laut zeternd vor einem Haufen Scherben, ein Mann marschierte in Rüstung und mit Helm auf dem Kopf in der Nähe auf und ab …

„Was für ein seltsamer Traum“, fuhr es Christian durch den Kopf. „So habe ich mir immer das alte Rom vorgestellt. Ich sollte wohl lieber aufstehen und frühstücken.“ Während er dies dachte, bemerkte er, dass er auf den Stufen einer Treppe saß, die hinunter zu einem Fluss führte. Ein Schiff, das gerade vorbeifuhr, hatte ein Segel gesetzt und steuerte hinaus aufs Wasser. Christian zupfte sich am Ohr. Aua! Er riss seine Augen weit auf. Verdammt, er schlief ja gar nicht! Er saß tatsächlich auf der kühlen Steinstufe einer Treppe, die hinunter zu einem graubraunen Fluss führte.

Auf einmal erinnerte er sich: Die Öffnung in der Mauer, die Dunkelheit, der farbige Strudel, der ihn immer weiter fort von der Öffnung zog, und die Stimme, die ihm etwas zugemurmelt hatte.

Christian richtete sich auf. Wo war er? War das Rom? Nein, das war auf keinen Fall das grüne Wasser des Tibers, oder? Er kniff die Augen zusammen. Das musste der Rhein sein, auch wenn das Ufer anders aussah, als er es kannte. Auf der anderen Seite des Flusses standen nur ein paar Hütten, es gab keine Hochhäuser, keine großen Gebäude und keine Kirchen.

Christian atmete tief durch. Nur ruhig bleiben! Nachdenken! Erinnern! Der Geist. Natürlich. Er war, durch welche Magie auch immer, in die Vergangenheit zurückgerissen worden.

Was hatte der Geist gesagt? In das Jahr 50 nach Christians Zeitrechnung. Konnte das möglich sein?

Christian stand auf. Um ihn herum wimmelte es von Menschen, die alle irgendwo hinliefen, etwas schleppten, etwas schoben, dabei redeten und gestikulierten. Offensichtlich hatte ihn der Zeitwirbel in die Hafengegend verschlagen, dort, wo im 21. Jahrhundert die Altstadt von Köln war und die Philharmonie, das Römisch-Germanische und das Museum Ludwig lagen. Dort also, wo sich letztlich die riesige Baugrube befand …

Christian ging langsam auf den römischen Soldaten zu, dessen Helmbusch im milchigen Sonnenlicht blutrot leuchtete. Er räusperte sich. Der Soldat, der genauso groß war wie Christian mit seinen 1,68 Meter, sah ihn fragend an.

„Dove sono? Sono nella città di Colonia?“, fragte er den Mann auf Italienisch.

Der Soldat starrte ihn verwirrt an. „Was hast du gesagt?“

Christian war nun seinerseits verwirrt. Der Soldat hatte Latein mit ihm gesprochen, und er konnte es genauso gut verstehen wie Deutsch oder Englisch oder Italienisch. Der Mann hatte allerdings einen starken Akzent, der Christian an den Legionär im Museum von Xanten erinnerte, der Latein mit deutschem Akzent gesprochen hatte. Unwillkürlich musste er grinsen. Und er freute sich. Er konnte offenbar in dieser Vergangenheit fließend Latein sprechen und brauchte nicht auf Italienisch zu radebrechen! Was für ein Wunder. Was alles wie ein Traum wirkte, war ganz eindeutig keiner.

„Wo bin ich hier?“, wiederholte er deshalb und hörte sich selbst sagen: „Ubi sum hic?“ Toll! Er sprach Latein, als hätte er nie etwas anderes getan, obgleich dieser Satz ja noch eher einfach war.

„Du scheinst hier fremd zu sein, was ich auch an deiner sonderbaren Kleidung erkennen kann. Zu welchem Stamm gehörst du? Ich bin halb

Ubier, halb Römer“, antwortete der Soldat, der höchstens 18 oder 19 Jahre alt sein konnte.

„Welcher Stamm? Äh, ich gehöre zu den Markomannen.“ Das war der einzige Stamm außer den Cheruskern, der Christian einfiel, weil er erst vor Kurzem noch einmal den Film *Gladiator* gesehen hatte. Darin besiegte General Maximus in der Gegend des heutigen Österreichs in einer ziemlich blutigen Schlacht die Markomannen. Christian wusste zwar, dass es Dutzende von germanischen Stämmen gab, aber er erinnerte sich in der Eile nicht an ihre Namen und vor allem nicht daran, wo sie ihr Stammesgebiet hatten.

„Ah, ein Markomanne! Deshalb kommt mir deine Kleidung so seltsam vor, und auch dein Akzent ist ungewöhnlich“, erwiderte der junge Soldat.

Seltsame Kleidung? Ach ja, er trug Jeans und darüber einen ziemlich langen, schlabberigen Pullover. Das musste in der Tat seltsam wirken! Aber sein Akzent? Der war allemal besser als der des Soldaten. Das glaubte Christian zumindest – immerhin hatte er einen italienischen Akzent und keinen germanischen! Aber das war alles erst einmal nicht so wichtig.

„Wo genau bin ich denn hier?“, fragte er wieder und freute sich, wie leicht ihm die alte Sprache über die Lippen kam.

„Du bist im Hafen von Colonia Claudia Ara Agrippinensium“, antwortete der Soldat würdevoll und mit unterschwelligem Stolz in der Stimme. „Das Schiff, das du da auf dem Fluss wegsegeln siehst, hat uns gestern hohen Besuch gebracht.“ Der Soldat gehörte offensichtlich zu den eher redseligen Menschen und war nicht wie die Wachsoldaten vor dem Buckingham Palace in London zum Schweigen verpflichtet.

„Hoher Besuch?“ Christian blickte hinaus auf den Fluss. Das Schiff war schon fast nicht mehr zu sehen.

Der junge Soldat nickte so heftig, dass sein Helmbusch wackelte. „Ja, Agrippina und ihr Sohn Nero sind gestern angekommen. Auf Agrippinas Bitten hin hat ihr Gatte – der Kaiser, den die Götter schützen mögen – aus diesem früher eher unbedeutenden Oppidum Ubiorum unsere wunderschöne Stadt gemacht – das wirst du als Markomanne wahrscheinlich nicht wissen. Aber es wird noch dauern, bis alle Pläne verwirklicht sind und Colonia die Stadt sein wird, die Agrippina haben möchte. Sie ist erst seit einem Jahr mit dem Imperator verheiratet und hatte noch nicht so viel Zeit, ihre Wünsche in die Tat umsetzen zu lassen."

„Und warum möchte sie, dass aus Oppidum Ubiorum so eine wichtige Stadt wird?", fragte Christian.

„Weil sie hier geboren ist, Fremder! Ihr Vater, der mächtige Germanicus, war hier mit seinen Legionen stationiert, als er gegen die verräterischen Cherusker jenseits des Flusses kämpfte und die Grenze gegen das restliche Germanien ausbaute. Und jetzt wird aus der kleinen Siedlung immer mehr eine blühende Stadt."

Der junge Soldat stammte sicherlich aus Köln, denn er glühte geradezu vor Begeisterung. Doch dann fügte er hinzu: „Ich bin erst seit einem Jahr hier. Mein Vater war auch Soldat und ich bin in Bonna geboren, wo jetzt das große Lager ist. Aber ich finde Colonia spannender. Doch sage mir, was bringt dich in diese Stadt?"

Christian überlegte kurz. „Ich besuche einen Freund und habe mich verirrt. Ich danke dir für deine Auskünfte. Doch nun muss ich gehen."

„Noch einen guten Rat, Fremder. Wenn du gut essen willst und nicht sehr viel Geld hast, dann empfehle ich dir die Taverne des besten Freundes meines Vaters Marcellus Vincius. Sie liegt nicht weit von hier und heißt *Zum Goldenen Schwert.* Wenn du dort hingehst, sage einfach, Gaius Minor hätte dich geschickt. Dann bekommst du sicher einen guten Preis! Und vielleicht sehen wir uns ja mal wieder. Dann musst du mir über die Markomannen berichten."

Christian versprach es, dankte seinem neuen Freund herzlich und wollte gerade gehen, als ihm noch eine Frage einfiel, die er bei der Redseligkeit des Jungen vergessen hatte: „Weshalb ist denn die Kaiserin mit ihrem Sohn gekommen?"

„Er soll endlich den Ort kennenlernen, an dem seine Mutter geboren wurde, das ist doch klar. Und sie haben auch seinen berühmten Lehrer dabei, den großen Seneca."

Vollgestopft mit all diesen Informationen marschierte Christian los, ohne zu wissen, wohin er gehen und was er tun sollte und wo der Geist abgeblieben war. Vom Flussufer drangen Stimmen zu ihm empor, als er in Richtung Stadtmitte ging.

Er hatte im Römisch-Germanischen Museum einen Stadtplan des römischen Köln gesehen und versuchte sich daran zu erinnern. Köln, das wusste er noch, war wie ein großes Schachbrett von rund einem Quadratkilometer Fläche angelegt. Dementsprechend zogen sich die Straßen in gerader Linie horizontal und vertikal zwischen den Häusern durch.

Er blieb stehen. Vielleicht sollte er erst einmal die Taverne suchen, von der Gaius Minor gesprochen hatte. Wie hieß noch mal der Besitzer? Der Name war Christian bekannt vorgekommen. Plötzlich empfand er heftigen Hunger und vor allem Durst. Zudem fühlte er sich, als sei er in einem Schockzustand gewesen und käme erst allmählich wieder zu sich. Was für eine Situation! Er war tatsächlich im alten Köln gelandet und nahm das alles als selbstverständlich hin. Doch wo steckte dieser verflixte Geist?

Christian spürte, wie er erst wütend, dann nervös wurde. Er hatte bisher gar nicht daran gedacht, dass er irgendwann ja auch wieder in seine eigene Zeit zurückreisen musste, beziehungsweise wollte. Dies war offensichtlich wirklich das Jahr 50, wenn er sich richtig an bestimmte Geschichtsdaten und die Worte des Geistes erinnerte.

Agrippina Minor hatte ihren dritten Mann, Kaiser Claudius, im Jahr 49 geheiratet und ihren Sohn Nero aus erster Ehe mit in diese Beziehung gebracht. Aber Christian wusste nicht, wie alt Nero im Jahr 50 war.

Er seufzte. Sein Durst wuchs, sein Hunger auch. Und kein Geist, kein Lukas, keine Laura. Nur lauter Menschen in Togen und Tuniken und auch etliche Männer mit Hosen und tunikaähnlichen Obergewändern. Das waren sicher Germanen. So sehr fielen seine gebleichten Jeans und der alte Pullover, der auch wie ein Kittel wirkte, gar nicht auf. Dennoch müsste er sich vielleicht doch etwas anderes zum Anziehen suchen. Nur – und das war sein größtes Problem – woher sollte er das Geld nehmen? Er fuhr mit seiner Hand in seine Hosentaschen. Drei Zwanzigcentstücke, ein Eurostück vom letzten Einkauf, das er für den Einkaufswagen gebraucht hatte, ein Kaugummi, ein zerknülltes Papiertaschentuch, eine abgerissene Kinokarte, ein Gummiband – und eine römische Münze! Die Münze, die er in der Kirche gefunden hatte.

Aber die nützte ihm auch nichts, denn sie stammte aus einer späteren Zeit, und man würde ihn als Geldfälscher verhaften, wenn er versuchen würde mit einer Münze zu zahlen, die das Bild von Nero als Kaiser zeigte.

Instinktiv hatte er die Richtung zum Brauhaus Früh eingeschlagen, das es natürlich noch nicht gab. Doch in einer kleinen Seitengasse, die von der größeren Straße abzweigte, sah er ein Schild über einem Hauseingang hängen. Da stand in deutlich sichtbaren Buchstaben *Gladius Aureus – Zum Goldenen Schwert.* Das musste die Taverne sein, die ihm sein neuer Freund empfohlen hatte.

Kurz entschlossen öffnete Christian die schwere Holztür des steinernen Baus und ging hinein. Obgleich noch heller Tag war, herrschte in dem dämmerigen Raum ein lebhaftes Treiben. Auf den grob gezimmerten Holztischen, die Christian an die Tische der Kneipe *Zum Tänzelnden Pony* aus *Der Herr der Ringe* erinnerten, standen Teller und Krüge, es roch nach Bier und Fleisch, nach Wein und Gewürzen. Vor Hunger wurde Christian ganz schlecht.

Als er etwas unsicher umherblickte, kam ein kräftiger Mann auf ihn zu, der sicher schon an die sechzig war, aber noch immer stark und sportlich wirkte. Er trug sein graues Haar kurz geschnitten, unter dicken eisgrauen Brauen funkelten dunkle Augen. Christian spürte einen Stich im Herzen, ein dumpfes Gefühl in der Magengegend und eine seltsame Benommenheit, die aber nicht allein vom Hunger kommen konnte.

„Suchst du jemanden?“, fragte der Mann mit einer tiefen Stimme, die wie das Brummen eines Bären klang.

Christian fühlte seinen Mund noch trockener werden. Plötzlich überkam ihn Panik. Hilflos blickte er sich um. Aber keiner der anderen Gäste an den Tischen schien ihn zu bemerken. Nur eine junge Frau, die gerade mehrere Krüge mit Wein auf einem Tisch abstellte, sah zu ihm hinüber, lächelte leicht und wandte sich ab.

„Ich ... Ich suche meine Freunde“, stammelte Christian. „Aber sie sind wohl noch nicht da. Ich komme dann später wieder.“ Ehe ihm der Mann mit den dunklen Augen antworten konnte, taumelte Christian aus der Taverne auf die Straße.

Warum hatte er sich so albern aufgeführt? Der Mann hatte ihn nicht bedroht. Er war offenbar der Kneipenwirt und hatte sich nur nach seinen Wünschen erkundigt. Und dennoch jagte Christian bei dem Gedanken an den Blick des Mannes ein Schauer über den Rücken. Für einen Augenblick vergaß er Hunger und Durst und setzte sich ein paar Häuser entfernt auf einen Stein am Straßenrand. Er war erschöpft und verängstigt. Er wollte nur noch eines – weg und zurück in die Zukunft!

„Da bist du ja!“, ertönte auf einmal eine ihm wohlbekannte Stimme. Christian glaubte eine Art Dunst zu sehen, aus dem die Stimme kam. „Es tut mir leid, dass ich keinen richtigen Körper habe, aber ich bin seit 41 Jahren tot. Und nur an wenigen Tagen ist es mir erlaubt mich in menschlicher Gestalt zu zeigen. Doch du hörst mich, und ich bin immerhin als Nebelschwaden doch auch ganz gut sichtbar, oder?“ Die Stimme kicherte.

„Wo warst du so lange?“, fragte Christian. „Ich habe auf dich gewartet. Ich dachte schon, das alles ist nur ein böser Traum, es gibt dich gar nicht und ich bin im Nirgendwo gelandet!“

„Colonia Claudia Ara Agrippinensium ist doch ein schönes Nirgendwo. Aber nein, ich bin immer in deiner Nähe gewesen und habe mir gedacht, dass du den Rat deines Freundes, des jungen Soldaten, beherzigst und zum *Goldenen Schwert* gehst.“

„Ich war da, aber ich hatte plötzlich ein merkwürdiges Gefühl. Ich habe zwar fürchterlichen Hunger, aber ich konnte da erst mal nicht bleiben.“

„Was hat dir Angst gemacht?", wollte der Geist wissen. „Etwa Marcellus Vincius, der Kneipenwirt?"

Christian nickte. „Ich habe es nicht ausgehalten. Es war irgendwie gespenstisch in dem Raum, und dann dieser Kerl mit seinen dunklen Augen. Ich hatte plötzlich das Gefühl, dass ich ihn schon mal gesehen habe. Aber wo? Das hat mir richtig Angst gemacht." Christian spürte, wie wieder dieses Gefühl von Panik in ihm aufstieg, das ihn in der dämmerigen Taverne überfallen hatte. Und wieder glaubte er, diesen Namen früher schon einmal gehört zu haben.

Der Geist schwieg eine Weile. Dann sagte er: „Es wird höchste Zeit, dass ich dir meine Geschichte erzähle, damit du verstehst, was in den letzten Wochen geschehen ist und vor allem, was du in dieser Zeit sollst, was ich mir von dir erhoffe und was du tun kannst."

Christian erhob sich. Und plötzlich spürte er wieder Hunger und Durst, die er bei all der Aufregung vergessen hatte. „Ich muss erst etwas essen und trinken, aber ich habe kein Geld", sagte er.

„Da irrst du dich", erwiderte die Stimme aus dem Nebelschwaden.

„Die Nero-Münze nützt mir nichts. Die wurde erst viel später geprägt. Wir haben das Jahr 50 nach unserer Zeitrechnung, nicht das Jahr 68. Nero ist hier in der Stadt, und er ist höchstens 15 Jahre alt und nicht Kaiser", sagte Christian unwillig.

„Er ist 13 Jahre alt, also so alt wie du", erwiderte der Geist. „Ja, mit der Münze kannst du nicht zahlen. Ich habe sie dir aus reiner Nettigkeit geschenkt, sie ist viel wert. Sieh doch noch mal in deiner Hosentasche nach."

Christian griff in seine Tasche und zog mehrere römische Münzen heraus. Staunend starrte er sie an. „So, damit kannst du für dein Essen zahlen und dir vielleicht auch etwas anderes zum Anziehen kaufen", meinte der Geist.

Christian wandte sich in Richtung der Taverne. „Dann gehe ich da wieder hinein. Ich möchte doch wissen, weshalb ich mich dort so seltsam gefühlt habe, und außerdem roch es da sehr gut!"

Der Geist antwortete: „Du solltest Marcellus kennenlernen. Und wenn du satt bist, treffen wir uns, und dann erzähle ich dir meine Geschichte."

Christian nickte und ging auf die Taverne zu. In diesem Augenblick sprangen mit lautem Geschrei zwei Menschen aus dem Schatten der Häuser. „Da bist du ja! Da bist du endlich. Du bist es wirklich!", schrie die eine Gestalt, in der Christian zu seiner Überraschung Laura erkannte. „Mensch, du hast uns solch eine Angst eingejagt. Und überhaupt: Wo sind wir eigentlich und was soll das alles?", rief die andere Person, die Christian als Lukas erkannte. Dann sanken sich die drei Freunde in die Arme.

„Wir haben den Spalt in der Mauer entdeckt", sagte Lukas, als die drei sich wieder voneinander gelöst hatten, „und sind immer tiefer in diese Höhle hineingelaufen, in der es unangenehm roch und von den Wänden tröpfelte. Plötzlich waren wir in einem seltsamen, grellbunten Wirbel, und das Nächste, an das wir uns erinnern, ist, dass wir am Rhein saßen. Erst dachten wir, wir wären durch einen unterirdischen Gang von der Baustelle direkt ans Ufer geraten. Wir waren total überrascht und erschrocken, als wir erkannten, dass wir im antiken Köln gelandet sind."

„Und du hattest recht!", rief Laura. „Tut uns echt leid, dass wir dich für einen Spinner gehalten haben." Christian schluckte. Er war glücklich, dass er wieder mit seinen Freunden vereint war. Und gleichzeitig beschlich ihn das ungute Gefühl, dass sie vielleicht für immer in der Vergangenheit gefangen sein würden und ihre Eltern vor Sorge den Verstand verlieren könnten. Er sah schon vor seinem geistigen Auge die Schlagzeilen in der Zeitung: *Drei Kinder spurlos an U-Bahn-Baustelle am Kölner Rheinufer verschwunden!*

Doch ehe Christian sich in diesen trüben Überlegungen verlor, sagte er zu seinen Freunden: „Dann lasst uns erst einmal etwas essen gehen."

Lukas und Laura nickten erfreut. ‚Wie gut, dass so einfache menschliche Bedürfnisse wie Hunger und Durst erhalten bleiben, egal, ob in der Gegenwart oder in der Vergangenheit', dachte Christian, als er mit den beiden zur Taverne *Zum Goldenen Schwert* ging.

Die drei Zeitreisenden hatten bei ihrer Wiedersehensfreude gar nicht bemerkt, dass sie die ganze Zeit von einem Paar finsterer Augen unter dunklen Brauen beobachtet worden waren.

ZUM GOLDENEN SCHWERT

Nach der heftigen Begrüßung stellte Christian die logischen Fragen: „Seit wann seid ihr denn hier? Wie seid ihr gerade in diese Gegend von Köln gekommen?"

„Wir haben direkt einen netten Legionär getroffen, der uns gesagt hat, wenn wir Hunger haben, sollen wir zur Taverne *Gladius Aureus* gehen. Das Seltsame war, dass wir überhaupt keine Mühe hatten, uns mit ihm zu verständigen. Im Gegenteil. Als Laura versucht hat, Spanisch mit ihm zu sprechen, weil sie das in den Ferien mal ganz gut gelernt hat, hat er sie nur dumm angeglotzt. Aber er war ein freundlicher Typ."

Christian konnte dem nicht widersprechen. Immerhin verdankte er Gaius Minor offensichtlich, dass er seine Freunde so schnell wiedergetroffen hatte.

Kurz vor der Taverne zögerte Christian dann doch plötzlich, dort wieder hineinzugehen. „Sollen wir wirklich ins *Goldene Schwert* gehen? Vielleicht gibt es ja doch noch eine andere Schenke in der Nähe", schlug er vor.

In dem Moment hörte er die Stimme des Geistes, die ihm zuraunte: „Nein, ihr geht jetzt ins *Goldene Schwert* – keine Widerrede!"

„Was war das?", fragte Laura.

„Hört ihr das denn nicht? Das ist der Geist, der uns hierher geführt hat", erwiderte Christian.

„Ich höre nur ein komisches Säuseln, klingt wie Wind", meinte Lukas und zuckte mit den Achseln. „Das scheint dein ganz privater Geisterfreund zu sein. Wir sind nur deine Mitläufer."

„Ich würde ihn zu gerne mal sehen", sagte Laura. „Wie sieht er aus?"

„Keine Ahnung", erwiderte Christian, „er erscheint mir nur als Stimme oder in einer Art Nebel."

„Oh, das ist ja wie in den Büchern von Stephen King – Gespenster als Dunst oder Dämonen im Nebel. Super!" Lukas geriet fast aus dem Häuschen. Wenn er las, dann nämlich nur Horrorgeschichten, in denen Vampire umherstreiften oder Geister als grüne Wolken mit Vorliebe kleine Städte in den USA heimsuchten. Er ärgerte sich, wenn Horrorfilme im Kino erst ab 16 Jahren zugelassen waren, weil er sie dann nicht sehen konnte. Keiner, vor allem keiner an der Kinokasse, hätte den eher zierlichen Lukas für älter als 13, höchstens 14, gehalten. Und obgleich er immer eher nüchtern wirkte und logisch dachte, war er nun von Christians Geistervisionen überzeugt. Seine Sachlichkeit war einer Begeisterung für all das gewichen, was er heimlich schon immer spannend gefunden hatte.

„Na ja, vielleicht sehen wir ihn mal irgendwann richtig", beruhigte Christian seinen Freund.

„Aber dann lass uns jetzt erst mal etwas essen gehen. Ich sterbe sonst vor Hunger und werde noch selbst zum Geist."

„Hätte Lust auf einen Römerburger", kicherte Laura, deren Vorliebe für saftige Hamburger mit viel Ketchup sich schon in der Klasse herumgesprochen hatte.

„Sei froh, wenn du nicht gebratene Schwäne oder so was essen musst", sagte Lukas und stieß die Tür zum *Goldenen Schwert* auf. Kaum hatten sie die Schwelle zu dem düsteren Raum überschritten, überkam Christian wieder dieses mulmige Gefühl. Zudem glaubte er, dieses Lokal von irgendwoher zu kennen. Aus seinen Träumen? Aus Büchern über das alte Köln?

Ehe er aber dieser Überlegung nachgehen konnte, steuerte Laura auf einen Tisch in der Ecke zu, setzte sich hin und schnupperte. „Hm, das riecht aber gut – selbst wenn es kein Römerburger ist."

Kaum saßen die drei, kam das Mädchen an ihren Tisch, das Christian bei seinem ersten Besuch der Taverne gesehen hatte. Sie war kaum älter als sie, hatte lange dunkelblonde Haare, große hellbraune Augen und ein freundliches Lächeln. „Heute haben wir einen sehr guten Getreidebrei, frischen Fisch, Gemüse, Brot und als Vorspeise gekochte Eier und Oliven. Wollt ihr Mulsum oder Wasser?“

„Was ist denn Mulsum?“, fragte Laura.

Das Mädchen lachte gutmütig. „Ihr kommt sicher aus einem Teil von Germanien, wo man lieber Bier als Wein trinkt. Mulsum ist Gewürzwein, und das *Goldene Schwert* ist berühmt für seinen guten Gewürzwein. Wir haben aber auch Honigwein, roten Wein und sogar Bier.“

„Nein, dann doch lieber nur Wasser“, antwortete Lukas.

Wenig später servierte das Mädchen eine große Schale mit Oliven und Käse, einen Korb mit dicken Brotscheiben, einen Teller mit gekochten Eiern, gefolgt von einem duftenden Brei, den Lukas erst ablehnte, auf Drängen von Laura dann aber doch probierte. Er schmeckte köstlich. Es folgte ein Fisch mit Kohl und zum Nachtisch eine Vielzahl von Früchten, darunter Feigen, Datteln und knackige Äpfel. Die Kinder aßen mit wachsender Begeisterung.

„Besser als jeder Hamburger“, stieß Laura mit vollem Mund hervor. Sie kaute und schluckte und griff schon wieder zu. Vor allem das Brot hatte es ihr angetan, während Christian sich auf die Datteln und Feigen stürzte und Lukas Käse und Oliven in seinen Mund schaufelte. Auch das Wasser, das in einem großen Tonkrug auf dem Tisch stand, schmeckte ihnen gut. Es hatte einen leichten Zitronengeschmack. Kaum war der Krug leer, füllte ihn das Mädchen wieder auf. Endlich waren sie alle pappsatt.

„Und was nun?“, fragte Lukas, der auf einmal sehr schläfrig aussah. Christian hatte während des Essens seine Unruhe vergessen. Doch die kehrte nun langsam zurück. Ihm war zunächst gar nicht aufgefallen, dass sich der Wirt, der Mann mit den dunklen Augen und den grauen Augenbrauen, im Schankraum aufhielt. Doch jetzt entdeckte er ihn in einer anderen Ecke des Raums. Ihre Blicke trafen sich, und Christian zuckte zusammen. Diese Augen waren ihm unheimlich. Doch dann lächelte der Mann plötzlich, stand auf und kam an ihren Tisch.

„Nun, hat es euch geschmeckt, Kinder?“, fragte er.

Laura lächelte begeistert. „So gut habe ich schon lange nicht mehr gegessen. Nicht einmal die Pasta bei *Amici nostri* schmeckt so gut.“

Der Mann sah sie etwas hilflos an. Er wiederholte: „Pasta? Amici nostri? Nie gehört. Wo ist denn diese *popina*?“

Dieses Wort für *Kneipe* klang aus dem Mund des Mannes sehr herablassend. „Es ist keine popina, sondern eine caupona“, antwortete Laura, die ihr Lieblingslokal aus der Kölner Südstadt damit zu einem Wirtshaus aufwertete und selbst erstaunt war, welche Wörter auf Latein sie plötzlich kannte.

„Nun gut. Sei es, wie es ist“, meinte der Mann gleichmütig. „Aber es freut mich, dass euch unser bescheidenes Essen geschmeckt hat. Ich bin übrigens Marcellus Vincius, und das Mädchen, das euch bedient hat, ist meine Tochter Marcella.“

Das Mädchen, das gerade am Nebentisch eine große Schüssel mit dampfendem Gemüse abstellte, nickte ihnen zu.

„Seid ihr neu in unserer schönen Stadt?“, wollte Marcellus wissen.

„Ja“, erwiderte Christian schnell, ehe Laura ihm erzählte, dass sie Köln kannte – wenn auch das Köln der Zukunft. „Wir sind zu Besuch in dieser Stadt und haben am Hafen Gaius Minor getroffen, der uns dieses Lokal empfohlen hat.“

„Ach, der gute Junge.“ Jetzt sah Marcellus für einen Moment fast liebenswürdig aus. „Er ist der Sohn meines Freundes Gaius Magnus. Jedem Fremden, den er trifft, empfiehlt er unsere Taverne. Ich verdanke ihm schon viele Gäste. Ich hoffe, dass euch unsere schöne Stadt gefällt, die zurzeit durch hohen Besuch geehrt wird. Die Kaiserin ist mit ihrem Sohn für einige Tage nach Colonia gekommen, um sich selbst zu überzeugen, dass wir alles tun, um einen Abglanz der Hauptstadt zu bieten. Unsere Stadt wird sich bald mit Rom messen können! Kommt vorbei, wann immer ihr Hunger habt. Wir servieren sogar ein gutes Frühstück in den frühen Morgenstunden und schließen erst bei Dunkelheit.“

Damit entfernte sich Marcellus und ging wieder an den Tisch in der

Ecke zurück, wo er sich zu einem Mann in seinem Alter setzte. So weit Christian sehen konnte, hatte dieser Mann ein fast sanftes Gesicht mit großen braunen Augen. Er lächelte den Kindern zu und hob dann einen Becher an seinen Mund. Im Gegensatz zu Marcellus wirkte er irgendwie müde, seine Bewegungen waren langsam.

Christian war aber mehr mit dem Auftritt des Marcellus beschäftigt. Immer wieder sah der große Mann zu ihm hinüber, als überlege er, ob er ihm schon früher einmal begegnet sei. Sein Blick, empfand Christian, hatte etwas Lauerndes, Kaltes, das ihm einen Schauer über den Rücken jagte.

Da ging die Tür auf, und ein Mann kam herein. Christian glaubte, ihn zu kennen, aber dann realisierte er, dass dies wohl der Vater von Gaius Minor sein musste. Denn der Mann, der Ende 50 zu sein schien, also auch nicht mehr der Jüngste war, hatte die gleichen Augen wie sein Sohn und das gleiche Lächeln. Als er laut und deutlich „Salve!“ in den Raum rief, ertönte sogar die gleiche Stimme.

Er ging zu dem Ecktisch und setzte sich zu Marcellus und dem anderen Mann. „Wein, Marcella!“, rief er. „Aber einen richtigen Roten!“ Marcella eilte davon, um dem Gast diesen Wunsch zu erfüllen. Die drei Männer rückten zusammen und begannen über die politische Lage zu reden – jedenfalls schnappte Christian das eine oder andere Wort auf. Es ging um Steuererhöhungen, um Verlegung von Soldaten von einem Lager in andere Lager, um den Kaiser in Rom – Christian hörte nicht mehr hin. Er stand jäh auf und sagte zu seinen Freunden: „Ich muss mich mit unserem Nebelschwaden treffen, um endlich zu erfahren, warum wir hier sind und was wir tun sollen.“

„Wir bleiben hier und dösen ein bisschen. Schade, dass es keinen Cappuccino im alten Römischen Reich gab“, sagte Laura und gähnte herzhaft. Lukas schob sich noch einen letzten Happen Käse in den Mund und schloss dann die Augen.

Als Christian vor die Tür trat, waren die Schatten merklich länger geworden. Er hätte gerne einen Blick auf seine Uhr geworfen. Doch wahrscheinlich nützte die ihm in dieser Zeit ohnehin nichts. Dennoch fragte er sich, ob es schon früher Abend oder noch später Nachmittag sei und wo sie schlafen würden. Langsam schlenderte er ein Stück die Straße hinunter und kam zu einer ruhigen Ecke. Kein Mensch hastete hier vorbei, nur ein magerer Hund schnüffelte an seinen Beinen und verschwand im nächsten Hauseingang. Es war gespenstisch still.

„Genau der richtige Ort, um dir meine Geschichte zu erzählen", hörte er plötzlich die Stimme des Geistes, die wie immer ein wenig heiser klang. „Setz dich auf diese kleine Mauer, und ich erzähle dir alles, was du wissen musst."

„Wird auch langsam Zeit", knurrte Christian und kletterte auf die niedrige Mauer, hinter der ein kleiner Garten wie eine Oase lag. Es duftete nach Thymian und sogar nach Rosen. Er sah den Geist zwar nicht, aber er hatte das Gefühl, dass dieser neben ihm auf oder über der Mauer schwebte.

Die Stimme erklang unmittelbar neben ihm: „Ich fange am Anfang an und deshalb musst du Geduld haben."

„Habe ich doch schon die ganze Zeit", murmelte Christian. „Nun leg endlich mal los!"

Der Geist kicherte, und dann legte er los: „Mein Name ist Titus Aristus, wie du schon weißt. Geboren wurde ich in der Nähe der Stadt Panormus auf Sizilien, die du heute unter dem Namen Palermo kennst. Mein Vater hatte lange als Legionär gedient und bekam als Belohnung für seine Dienste ein Stück Land, auf dem er Oliven anbaute. Dort wurde ich in dem Jahr geboren, das nach eurer Zeitrechnung 11 vor Christus ist. Ich hatte einen älteren Bruder, der aber früh starb, einen kleineren Bruder und drei Schwestern. Nach der Tradition unserer Familie wurde ich als nunmehr ältester Sohn Soldat und kam im Jahre 7 eurer Zeitrechnung mit 18 Jahren nach Castra Vetera, später Colonia Ulpia Traiana, heute Xanten. Mein oberster Befehlsherr war Publius Quinctilius Varus. Mein direkter Vorgesetzter aber war Marcus Caelius."

Bei diesem Namen zuckte Christian zusammen. „Marcus Caelius?“

„Ja, Marcus Caelius, der in Bologna, wie ihr es heute nennt, geboren wurde. Er stand als Zenturio der Hundertschaft von Legionären der 18. Legion Augusta vor, zu der ich gehörte. Er war ein strenger, aber gerechter Offizier, den ich achtete und verehrte. Zu meiner Einheit gehörten Marcellus Vincius, den du in der Taverne gesehen hast, und auch die beiden anderen Männer, Gaius Magnus und Fabius Narvus. Alle drei kannten sich schon seit längerer Zeit, da sie zusammen in Pompeji aufgewachsen sind. Der Vater von Marcellus hatte eine Taverne, der Vater von Gaius war Steinmetz und der Vater von Fabius war ebenfalls Legionär und besaß ein kleines Gut mit Weinbergen. Ich lernte diese drei Freunde erst in Castra Vetera kennen.“

Nach einer kurzen Pause fuhr der Geist fort: „Gemeinsam machten wir unsere Übungen, gemeinsam verbrachten wir unsere Abende, gemeinsam bereiteten wir uns auf den Marsch in den Norden vor, in jenen Teil Germaniens, den wir Germania Libera nannten. Der Kaiser hatte Varus viele wichtige Aufgaben übertragen. Er sollte Recht sprechen, Stammesfehden unter den Germanen schlichten, den Handel ausbauen und versuchen, diesen noch nicht zum Römischen Reich gehörenden Teil Germaniens möglichst dem Reich anzugliedern, ohne aber den Germanen dort ihre Rechte und Freiheiten zu nehmen. Das heißt, sie sollten durchaus noch Selbstbestimmung haben, Rom allerdings Tribute zahlen. Dafür hätten sie an der römischen Kultur, am Rechtssystem und vor allem an der militärischen Ausrüstung und Ausbildung teilgehabt. Unsere Legion, eine von dreien insgesamt, gehörte zu den Truppen, die Varus halfen, seine Aufgaben wahrzunehmen. Ja, und dann wollten wir in unsere Winterquartiere zurückkehren. Es war ein kühler, regnerischer Herbst.“

Die Stimme verstummte, als sei der Geist erschöpft. Dann räusperte er sich, was in Christians Ohren irgendwie rührend menschlich klang, und fuhr fort: „Wir waren alle ein bisschen müde nach all den Wochen in Germania Libera und wollten so schnell wie möglich in unser Winterlager. Die Wege waren überall aufgeweicht, die Wagen sanken in den weichen Boden ein, unsere feuchten Umhänge hingen schwer wie Säcke auf unserem Rücken. Ein Legionär trägt mehr als ein Talentum an Gepäck und Waffen mit sich herum. Das wären nach euren Maßeinheiten fast dreißig Kilo. Du kannst dir also vorstellen, wie erschöpft wir waren. Wie wir schnauften und schwitzten."

Einen Moment lang versank der Geist in seinen Erinnerungen. „Und dann fingen die Angriffe der Germanen an. Meistens bei Anbruch der Dunkelheit tauchten sie aus den Schatten der Wälder auf, kleine Truppen, deren Angriffe wie Mückenstiche wirkten. Als die Ersten von uns durch Pfeile und Speere starben oder verwundet wurden, brach Unruhe aus. Varus hielt uns noch in Schach, und mein Zenturio Marcus Caelius, ein tapferer und besonnener Mann, der immerhin schon 53 Jahre zählte, forderte uns auf, uns nicht beirren zu lassen. Ich hatte zum ersten Mal in meinem Leben Angst. Denn das Gebiet, in das uns die ständigen Überfälle hineintrieben, lag abseits unserer geplanten Marschroute. Eine Gegend voller düsterer Wälder, aber auch weiter Wiesen, dazwischen Mulden im Boden und Gräben. Keine schöne Gegend!"

Christian hörte gespannt zu, den Blick gebannt auf den Nebel vor ihm gerichtet. Die Bilder der Varusschlacht liefen lebhaft vor seinem inneren Auge ab.

„Wir wussten bald, wer hinter diesen Überfällen steckte: Der Cherusker Arminius, der im römischen Heer sein Handwerk gelernt hatte und von römischen Offizieren ausgebildet worden war, damit er uns als germanischer Fürst zur Seite stehen konnte. Er war ein Bundesgenosse von uns, hatte mit Varus an einem Tisch gesessen, aber insgeheim mit anderen germanischen Stämmen Bündnisse zum Sturz des römischen Adlers geschlossen.

Und so kam es zu jener berühmten Schlacht, die das Reich drei seiner besten Legionen kostete. Arminius wusste um unsere Stärken, aber auch um unsere Schwächen. Er hatte uns durch die vielen kleineren Scharmützel schon geschwächt, und in der entscheidenden Schlacht, die man später als die Schlacht im Teutoburger Wald bezeichnet hat, gelang es ihm, uns aufzureiben.“

Wieder stockte die Stimme. Christian sah, wie der Nebeldunst kurz auf- und abwaberte, als sei Titus Aristus durch seine Erinnerungen unruhig geworden.

Doch der Nebel beruhigte sich wieder, und Christian vernahm erneut die Stimme aus dem Dunst. „Ich war an jenem Tag in der Nähe meines Befehlshabers, Marcus Caelius, um ihn zu beschützen, denn ich bewunderte ihn und wollte ihn nicht alleine lassen. Doch er wurde vor meinen Augen niedergestochen von einem Germanen, der in römischer Rüstung an ihn herangekommen war. Ehe Marcus Caelius erkennen konnte, dass in der Rüstung nicht sein Unterkommandant Plautius steckte, hatte ihn schon der tödliche Hieb getroffen. Vor meinen Augen sank er zu Boden. Gerade wollte sein Mörder das Schwert gegen mich erheben, da tauchte Gaius Magnus auf und schlug ihn nieder. Mich verwunderte, wie der Germane an die Rüstung des Plautius gekommen war. Ich kniete mich neben ihn nieder und fragte den Sterbenden: ‚Sag mir, was ist geschehen?‘ Er sah mir gerade in die Augen, obgleich er kaum mehr atmen konnte, und flüsterte: ‚Suche den Verräter unter deinen Kameraden.‘ Dann starb er mit einem leichten Röcheln. Ich war tief getroffen. Einer meiner eigenen Kameraden sollte Marcus Caelius verraten haben? Und dem germanischen Meuchelmörder eine römische Rüstung verschafft haben, damit er unbeschadet an Marcus Caelius herankam? Es war fast undenkbar und doch durchaus möglich. Leider!“

Titus Aristus verstummte einen Augenblick. Mit gepresster Stimme setzte er wieder an. „Um mich herum tobte die Schlacht weiter, aber ich hockte wie unter einer Dunstglocke neben dem Toten und konnte mich nicht bewegen. Inzwischen waren Marcellus Vincius und Fabius Narvus zu mir getreten. Auch sie schienen entsetzt zu sein. Gaius Magnus blutete aus einer Wunde am Arm, aber er merkte es gar nicht. Den Rest des Gemetzels bekam ich nicht mehr richtig mit. Wir fanden wenig später am Rande des Feldes Plautius, in dessen Rüstung der Mörder an Marcus herangekommen war. Er war tot und trug nur seine Tunika. Man hatte ihn von hinten erstochen. Fabius, Marcellus, Gaius und ich überlebten die Schlacht. Noch auf dem Schlachtfeld tötete sich Varus mit seinem eigenen Schwert, weil er die Schande als römischer Offizier nicht ertragen konnte. Arminius sandte später sein Haupt an Marbod, den Fürsten der Markomannen, der dieses blutige Geschenk aber nicht annahm, sondern nach Rom schickte."

Christian spürte, wie der Geist mit seinen Gefühlen rang. Seine ohnehin immer heisere Stimme klang sehr rau, als er fortfuhr: „Wir vier Freunde flüchteten in den Schutz einiger Felsen im Wald und schliefen bald vor Erschöpfung ein. Die Wunde von Gaius blutete zwar nicht mehr, aber er fühlte sich schwach. Wir hatten sie notdürftig mit einem Stoffstreifen verbunden. Ich wurde wach, als ich in der Nähe plötzlich ein Flüstern hörte. Es waren zwei Männer. Erst dachte ich, dass es zwei meiner Kameraden seien. Doch dann hörte ich, dass der eine von den beiden einen sehr starken Akzent hatte, einen germanischen Akzent. Und ich hörte, wie diese Stimme flüsterte: ‚Du hast deine Sache gut gemacht. Hier hast du deinen Lohn. 2000 Denare, wie versprochen. Marcus Caelius war ein tapferer Soldat, aber sein Tod hat zu unserem Sieg beigetragen.' ‚Ich habe nicht nur eurer Sache damit gedient', flüsterte die andere Stimme, die ich nicht zuordnen konnte. ‚Ich habe ihn gehasst, weil er immer andere mir vorgezogen und mir stets meine Beförderung verweigert hat. Versprich mir nur, dass meine Freunde und ich nicht verfolgt werden. Wir müssen sicher nach Castra Vetera zurückkehren können. Es sind schon genug Römer gefallen.' Der andere raunte: ‚Euch wird nichts mehr geschehen. Aber Rom wird sich nie von dieser Schlacht erholen!' Ein Rascheln im Laub ertönte, und der Mann war weg. Einer meiner Kameraden also war der Verräter gewesen, der Schuld trug an der Ermordung von Marcus Caelius, diesem ehrbaren und tapferen Mann. 2000 Denare für einen Verrat – das war so viel wie man in Rom für zwei Luxussklavinnen zahlte!"

C

Christian hörte deutlich die Wut und Empörung in der Stimme des Geistes.

„Ich musste mich wohl zu laut bewegt haben, denn aus dem Dunkel trat eine Gestalt auf mich zu. ‚Ach, da hat einer gelauscht', hauchte die Stimme, die ich durch das Flüstern und den Dialekt, den alle meine drei Freunde sprachen, leider nicht erkennen konnte. ‚Du wirst mich nicht auffliegen lassen! Ich habe dies alles nicht auf mich genommen, um jetzt an dir zu scheitern!' Und ehe ich mich umwenden konnte, um nach Hilfe zu rufen oder zu flüchten, sauste ein Schwert auf mich nieder – und das war's. Ich spürte, wie meine Seele sich von meinem Körper entfernte. In diesem Augenblick überkam mich der unbändige Wille, den Verräter zu finden, und sollte es ewig dauern! Ich wollte nicht für immer in die Unterwelt entschwinden, ausgelöscht werden. Seither bin ich der Geist eines Legionärs, dessen Andenken in Unehre steht."

Christian schüttelte den Kopf. Was für eine Geschichte! Und es ging noch weiter …

„Es wurde das Gerücht in Umlauf gesetzt, ich sei der Verräter gewesen, der Plautius getötet und dem germanischen Krieger die Rüstung gegeben habe. Neben meiner Leiche fand man einen Beutel mit 500 Denaren. Man löschte meinen Namen aus, da man glaubte, ich sei bestochen worden, um meinen Zenturio ans Messer zu liefern. Man ging davon aus, dass mich auf meiner Flucht germanische Krieger getötet hatten."

Der Geist seufzte. „Auch meine alten Kameraden glaubten diese Lüge, selbst wenn es Gaius, wie er immer beteuerte, schwerfiel. Denn er war der treueste von allen. Doch die Beweise sprachen gegen mich. Und ich konnte mir nicht einmal sicher sein, ob nicht sogar er der Verräter war, denn er war öfter bei Beförderungen zurückgesetzt worden. Das hatte ich selbst erlebt. Aber ich habe die Gnade der Götter empfangen und darf alle 500 Jahre nach jemandem suchen, der beweisen kann, dass nicht ich der Verräter war. Dann bin ich erlöst. Ganz sicher bin ich nicht, wer der wahre Schurke ist. Aber eigentlich kommen nur meine drei engsten Begleiter von damals infrage."

Christian hatte Fragen über Fragen: „Warum nur alle 500 Jahre? Und warum hat es bis heute nicht geklappt, und warum soll ich jetzt der Richtige sein?"

Der Geist antwortete: „Für die Götter sind 500 Jahre nichts, weniger als ein Tag. Ich darf nicht dauernd umherstreifen und mir einen Helfer suchen. Die drei Male, die ich gehofft hatte, einen Menschen zu finden, der mir helfen kann, schlugen aus ganz unterschiedlichen Gründen fehl. Dass du es dieses Mal bist, liegt daran, dass du bestimmte Fähigkeiten besitzt. Ich nähere mich jedes Mal mehreren Menschen bei meinem Versuch, den richtigen Helfer zu entdecken. Du hast reagiert, als ich das erste Mal Kontakt aufgenommen habe, und du hast etwas gespürt, was andere nicht bemerken."

Christian murmelte: „Bei mir hat das alles mit diesem schrecklichen Albtraum begonnen. Da ist es kein Wunder, wenn ich auf eigenartige Begebenheiten gepolt bin."

„Das Wort ‚gepolt' kenne ich nicht", erwiderte der Geist ernst, „aber du bist offenbar empfänglich für Dinge, die *zwischen Himmel und Erde* existieren – diese Worte gebrauchte vor ein paar Jahrhunderten doch der Dichter mit diesem merkwürdigen Namen."

Mit dem „Dichter mit dem merkwürdigen Namen" meinte der Geist eindeutig William Shakespeare. Woher Titus Aristus diese Worte aus Shakespeares Drama *Hamlet* kannte, wäre interessant zu erfahren gewesen, doch Christian wollte jetzt nicht mit dem Geist über Shakespeare reden. Stattdessen fragte er: „Und was hat es mit dieser ganzen Schwertgeschichte auf sich? Was soll ich hier jetzt machen? Wie kann ich deinen Mörder, der ja wohl auch der Verräter ist, entlarven?"

„Davon gleich mehr! Wir sollten erst einmal deine Freunde aus der Taverne holen und für euch ein Nachtquartier suchen. Colonia ist nachts nicht ungefährlich. Wegen des hohen Besuches patrouillieren sicherlich mehr Soldaten als sonst. Aber dennoch möchte ich euch eine Herberge zeigen. Später erzähle ich dir dann alles, was du wissen musst!"

„Aber warum sind denn Laura und Lukas hier?“

„Zum einen durch einen Zufall, zum anderen brauchst du Hilfe. Und nichts ist besser als Freunde, auf die man sich verlassen kann.“

„Aber wenn uns etwas passiert? Wenn wir nie mehr zurückkommen in unsere eigene Zeit?“

Christian fühlte sich auf einmal nur noch wenig abenteuerlustig. Aber das mochte auch an der fallenden Dämmerung liegen, an den ungewohnten Geräuschen und Gerüchen, an der Müdigkeit und an dem Gefühl der Unwirklichkeit.

Als er wenig später die Tür zu der Taverne wieder aufstieß, spürte er aber, dass dies kein Traum war. Die Hitze in dem Raum, das Stimmengewirr – es war alles wirklich. Und da saßen seine treuen Mitstreiter, Lukas und Laura, die schon ganz unruhig wirkten. „Gut, dass du endlich kommst“, meinte Lukas.

„Wir suchen uns was zum Schlafen“, erklärte Christian, warf einige der Münzen auf den Tisch, die er in seiner Hosentasche gefunden hatte. „Und dann erzähle ich euch alles.“

Die drei Kinder verließen wenig später die Taverne. Nur Marcella sah ihnen hinterher, ihr gewohnt freundliches Lächeln im Gesicht.

Als die drei hinaus in die Gasse traten, löste sich aus dem Schatten eines Hauses eine Gestalt, die ihnen unbemerkt folgte.

EIN SELTSAMER JUNGE

Die Kinder waren nur wenige Schritte weit gekommen, als auf einmal eine laute Stimme rief: „He, Markomanne, warte auf mich!“ Etwas atemlos tauchte hinter ihnen ein junger Soldat auf. Es war Gaius Minor. Er hatte den Helm abgenommen. Seine kurz geschnittenen dunkelblonden Locken sahen verschwitzt aus. Er holte die drei Kinder ein und sagte erfreut: „Wie schön, euch drei wiederzusehen. Mein Dienst ist vorüber, und ich wollte gerade in die Taverne gehen, um einen Becher Gewürzwein zu trinken. Wo geht ihr hin?“

Christian mochte den jungen Soldaten. „Wir suchen ein Nachtquartier“, erklärte er.

„Das ist kein Problem!“, sagte Gaius Minor vergnügt. „Um die Ecke, nur zwei Straßen entfernt von hier, wohnt eine Tante von mir, die älteste Schwester meiner Mutter. Sie vermietet saubere Zimmer und hat sicherlich noch eines für euch frei!“

Ehe die Kinder etwas erwidern konnten, setzte er sich an die Spitze der kleinen Truppe und ging fröhlich pfeifend voran. „Ist das nicht zu teuer?“, fragte Laura Christian leise.

„Wird schon okay sein“, antwortete er. Sie hatten Deutsch gesprochen. Gaius Minor wandte sich um.

„Ihr sprecht einen seltsamen germanischen Dialekt“, meinte er. „Meine Mutter ist ja aus dem Stamm der Ubier. Aber dass ihre Sprache so anders klingen könnte als euer Markomannisch, hätte ich nicht gedacht.“ Und damit trabte er vergnügt pfeifend weiter, die Kinder hinter ihm her.

Sie bogen in eine schmale Gasse ein, und gleich darauf klopfte Gaius Minor an eine Tür. Sie wurde fast augenblicklich geöffnet. In der Tür stand eine kleine, rundliche Frau mit blonden Haaren und lustigen grauen Augen. Sie fiel Gaius Minor um den Hals und rief in einem etwas rau klingenden Latein: „Wie schön, dass du mich mal besuchen kommst! Und wen hast du da denn mitgebracht?“ Sie musterte die Kinder, die ihr in ihren Jeans und Pullovern sehr fremdartig vorkamen.

„Es sind Markomannen auf Besuch in Colonia“, stellte Gaius Minor seine neuen Freunde vor. „Sie suchen ein Quartier für die Nacht.“

„Hereinspaziert! Aber verlangt nicht, dass ich mit euch eure Sprache spreche! Ich spreche lieber Latein“, rief die lebhafte kleine Frau.

Sie führte die Kinder in ein kleines Zimmer, in dem mehrere Pritschen mit sauberen Decken standen, ein Tisch mit einem Wasserkrug und einer Schüssel und zwei Stühle. „Ihr seht müde aus!“, meinte sie. „Ich lasse euch jetzt einfach erst mal schlafen.“

Ihr Neffe fügte hinzu: „Morgen sehen wir uns wieder. Ich habe zwar Dienst bis zum Nachmittag. Doch vielleicht kann ich euch danach die Stadt zeigen. Ein guter Rat: Kauft euch etwas anderes zum Anziehen. Man merkt euch an, dass ihr nicht von hier stammt. Da zurzeit überall viele Soldaten Wache schieben, wegen des Besuchs der Kaiserin, könnte man euch vielleicht für gefährliche Fremde halten, auch wenn ihr noch Kinder seid!“

Mit dieser freundlichen Warnung verabschiedete sich Gaius Minor und erklärte seiner Tante noch rasch, er wolle nun ins *Goldene Schwert* gehen, einen Wein trinken und seinen Vater dort abholen, ehe der wieder die ganze Nacht trinke und Mutter sich Sorgen mache.

Mit einem müden Seufzer ließen sich die Kinder auf die Betten nieder. „Wo ist denn dein Geist?“, fragte Lukas.

„Er wollte mir noch vieles sagen. Aber vielleicht erzählt er das alles erst morgen. Ich berichte euch schon mal, was er mir bisher erzählt hat.“ Christian gab wieder, was ihm der Geist gesagt hatte, und die beiden hörten aufmerksam zu.

„Mann, das kann ja noch heiter werden!“, meinte Lukas schließlich. „Da sind wir ja in eine tolle Sache hineingeraten. Wenn das mal gut geht.“ Laura sagte nichts. Sie schien nur noch schlafen zu wollen.

„Morgen dann mehr“, sagte Christian. „Irgendwie wird schon alles klargehen.“ So sorglos und mutig das klang, fühlte sich Christian nicht. Im Gegenteil, sein Herz schlug unruhig. Wie anders waren doch die Helden in den Fantasyfilmen und -romanen. Die dachten gar nicht über Konsequenzen und Gefahren nach, wenn es sie in andere Zeiten und Welten verschlug!

Christian hatte bislang nicht im Traum daran geglaubt, dass ausgerechnet er einmal in ein solches Abenteuer geraten könnte, das nichts mehr mit seinem Alltag und seinem normalen Leben zu tun hatte. Er schlüpfte unter die Decke, drehte sich zweimal um und war eingeschlafen – Angst hin oder her. Sein letzter Gedanke galt allerdings seinem Vater. Ob dieser inzwischen einen Suchtrupp organisiert hatte? Vielleicht mit Kommissar Schwarz an der Spitze?

Während die Kinder fest schliefen, stand vor dem Haus eine dunkle Gestalt, gehüllt in einen Umhang. Unter dem Mantel trug sie ein Schwert. Als in der Nähe jäh ein Hund anschlug, trat die Gestalt in den Schatten der Häuser zurück und verschwand.

Am nächsten Morgen schien die Sonne und tauchte die Welt in ein neues Licht. Lucilla, wie die Tante von Gaius Minor hieß, servierte den Kindern Brot, Käse und Wasser, dazu Äpfel und Feigen. Alle drei hatten gut und fest geschlafen und fühlten sich abenteuerlustig. Sie beschlossen, erst einmal auf eigene Faust die Stadt zu erkunden. Christian wartete allerdings ständig darauf, dass der Geist endlich seine letzten Geheimnise enthüllte.

Als sie hinaus in die Gasse traten, umhüllten sie augenblicklich Lärm und vielerlei Gerüche, manche angenehm, manche weniger nasenfreundlich. Sie schlenderten durch die Gasse und kamen zu einem Markt, auf dem sich Menschen zwischen Verkaufsständen tummelten, Tiere angepflockt standen, Holzkarren vorbeiruckelten und man vor lauter Stimmengewirr kaum etwas verstand.

Vor einem der Stände blieb Christian stehen. Dort hingen Kleidungsstücke in allen Größen, Tuniken und Togen, Mäntel und Kleider. Ein freundlich lächelnder Mann tauchte hinter den Gewändern auf. Er versuchte gar nicht erst, sein Erstaunen über die ungewöhnliche Bekleidung der Kinder zu verbergen und war gerne bereit, ihnen eine Auswahl an passenden Kleidungsstücken vorzulegen.

Wenig später hatten sich die drei in junge Römer verwandelt, beziehungsweise in junge Markomannen mit römischer Kleidung. Vor allem Laura zeigte sich begeistert von ihrem Kleid, das sie über ein Untergewand zog und mit einem breiten Gürtel festzurrte. Die Jungen trugen Tuniken und hatten sich einen Umhang besorgt, denn es wurde abends schon recht kühl. Ihre abgelegten Kleider packten sie in einen Stoffbeutel, und ihre Einkäufe zahlten sie mit den Münzen aus Christians Hosentasche. Die restlichen Münzen tat er in einen kleinen Lederbeutel, den er am Stand neben dem Kleiderverkäufer entdeckt und erstanden hatte.

Zufrieden, nun zumindest aufgrund ihrer Kleidung nicht mehr aufzufallen, wanderten sie über den Markt und bewunderten all die feilgebotenen Waren – von Obst über Gemüse, Fisch und Fleisch, Brot und Kuchen, Wein und Honig, bis hin zu lebenden Hühnern und sogar Schwänen. Daneben gab es Haushaltswaren, Schmuck und Haarkämme, Töpfe und Amphoren, gefüllt mit Öl aus Spanien und Südfrankreich.

Christian genoss es zunächst, erinnerte ihn der Markt doch an die vielen italienischen Märkte, die er in Rom, Florenz, Siena, Pisa und in anderen Orten besucht hatte. Doch irgendwann überkam ihn wieder die Unruhe. Er hatte das unangenehme Gefühl, beobachtet zu werden. War das der Geist? Oder war es ein Mensch? Er trat beiseite und setzte sich in den Schatten eines Hauses. Hier strömten keine Menschen vorbei. Es war angenehm kühl, und Christian hörte in der Nähe einen Brunnen plätschern. Lukas und Laura winkten ihm zu, wollten aber noch ein wenig über den Markt stromern.

Dann hörte Christian sie wieder, die heisere Stimme seines Geisterfreundes. Doch die Stimme übertönte kaum das Plätschern des Brunnens.

„Kannst du nicht endlich mal wie andere Geister einen Körper annehmen?“, entfuhr es Christian unwillkürlich.

Er vernahm ein leises Lachen. „Kommt Zeit, kommt Rat“, sagte die Stimme, die diesmal aus der Häuserwand neben ihm ertönte. „Ich will dir jetzt das sagen, was ich gestern nicht erzählt habe. Zunächst die Geschichte mit dem Schwert. Du hast im Museum richtig erkannt, dass dies kein normales Schwert ist. Es ist das Schwert, mit dem ich damals getötet wurde. Und ich glaube, es ist dasselbe Schwert, mit dem mein Zenturio erschlagen wurde. Es hat viele Jahre in dem Museum gelegen, und keiner hat bemerkt, dass da noch immer Blut auf der Schwertspitze ist. Nur du hast das gesehen. Ich habe ein wenig mit dem Schwert gespielt, es hin- und hergedreht, wie du ja bemerkt hast. Ich wollte sehen, ob du das wahrnimmst, aber erschrecken wollte ich dich nicht! Und dann habe ich das Schwert gestohlen, um dir ein Zeichen zu geben und weil ich es für meine Pläne brauchte. Leider kam Paul auf die alberne Idee, das Holzschwert in der Laubenkolonie zu vergraben. Ich habe die Schwerter einfach ausgewechselt und später noch einmal vertauscht. Es war kinderleicht!“

Der Geist lachte selbstzufrieden, was Christian verärgerte. „Du spielst genauso blöde Streiche wie Paul und seine Freunde! Und die Polizei sucht die ganze Zeit nach Kunsträubern! Aber wer würde ernsthaft glauben, dass der Geist eines römischen Legionärs durch Köln spukt, in Katakomben aus Wänden spricht, im Museum seine Spielchen treibt und so viel Unruhe stiftet“, knurrte er.

Der Geist antwortete nicht. Nach ein paar Sekunden Schweigen fragte Christian: „Wo ist das Schwert jetzt?“

„Es ist natürlich hier. Denn du brauchst es, um den Verräter zu entlarven. Es war sein Schwert, das er aber nach der Tat versteckt hat, um seine Spuren zu verwischen. Auf meinem Schwert, das man neben mir fand, waren andere Blutspuren, nicht die von Marcus Caelius. Aber das konnte ja keiner wissen. Und damals war Blut eben Blut und keiner konnte es näher bestimmen, so wie heute.“

Als Christian erstaunt aussah, kicherte der Geist. „Ja, du wunderst dich, was ich alles weiß. Doch als Geist kann ich in deiner Zeit überall hinein- und hinausschlüpfen. Ich kann sogar verfolgen, wie eure Polizei heute arbeitet. Doch in unserer Zeit gab es diese Möglichkeiten natürlich noch nicht. Deshalb muss eben ein Trick her."

„Und wie soll der aussehen?" Christian wurde ungeduldig.

„Zu gegebener Zeit wird das Schwert auftauchen. Der Verräter wird es erkennen, selbst nach mehr als 40 Jahren. Und er wird überrascht sein und reagieren. Es hat einen Grund, dass du und deine Freunde gerade in diese Zeit zurückgereist seid. Denn ich fürchte, dass der Verräter von einst wieder in ein neues Verbrechen verwickelt ist. Es gilt, das neue Verbrechen zu verhindern und dadurch das alte endlich aufzuklären. Doch bin ich mir immer noch nicht sicher, wer von den dreien es ist, der damals das Geld angenommen und dafür den wackeren Offizier verraten hat. Er hat auf jeden Fall sein eigenes Schwert dem Mörder von Marcus Caelius in die Hand gedrückt und auch mich damit später umgebracht. Durch Zufall habe ich vor Jahren entdeckt, wo der Mörder von einst sein Schwert versteckt hat. Du sollst für mich in der Taverne spionieren, denn ich glaube, dass das der Ort der neuen Verschwörung sein wird. Mein Gefühl trügt mich selten. Wenn der wahre Täter entdeckt ist und gesteht, finde ich endlich Ruhe."

Der Geist seufzte. „Schon dreimal habe ich umsonst gehofft, aber diesmal bin ich sicher, dass die Sache zu einem Abschluss kommt. Setze dich mit deinen Freunden in die Taverne, beobachte Marcellus, Fabius und Gaius. Die Varusschlacht hat den dreien viel Anerkennung gebracht, weil sie überlebt haben und heil nach Xanten zurückgekehrt sind. Wegen ihres Mutes in den Kämpfen bekamen sie ein paar Hundert Denare als besonderen Sold. Doch alle drei hatten viel mehr Geld. Marcellus hat damals die Taverne in Oppidum Ubiorum, heute Colonia, erstanden. Fabius hat sich ein Haus in den Hügeln gekauft und viele Nächte an den Spieltischen verschiedener Kneipen verbracht, und der gute Gaius hat eine hübsche

Ubierin geheiratet, sieben Kinder mit ihr bekommen, und reist alle zwei Jahre nach Rom.“

„Wie kann ich dich denn erreichen, wenn wir etwas entdecken?“, fragte Christian, dem der Kopf schwirrte.

„Ich bin in deiner Nähe, aber ich kann nicht in diese Taverne hinein oder in ein anderes Haus. Das ist mir verboten. Ich muss dich hier immer im Freien treffen. Aber ich werde mich melden, und ich bin immer da.“

„Und das Schwert?“

„Ist bei mir“, sagte der Geist.

Christian musste grinsen. Er sah das Holzschwert vor sich, dass der Geist gegen das richtige Schwert getauscht und damit Paul und seine Kumpels in eine ziemlich unangenehme Situation gebracht hatte. Nur würde ihm das keiner glauben: *Geist stiehlt römisches Schwert aus Museum.* Was für ein Wahnsinn!

Christian stand auf und sah sich nach seinen beiden Begleitern um. Er entdeckte sie vor einem Stand, dessen Inhaber lebhaft auf die beiden einredete und versuchte, ihnen Schmuck zu verkaufen. In der Nähe der beiden sah Christian einen Jungen stehen, der eine wunderschöne Tunika trug und dazu einen Umhang aus fein gesponnener Wolle.

Der Junge war gleichaltrig, trug ein überlegenes Lächeln auf dem Gesicht, wirkte arrogant und für sein Alter reichlich selbstsicher. „Das ist wohl ein früher Vorfahre von Paul“, dachte Christian und beobachtete den Jungen. Der schien sich über Lauras Begeisterung für den bunten Schmuck zu amüsieren, wobei Laura vor allem von einer Kette aus Bernstein fasziniert war, deren goldbraune Steine im Sonnenlicht funkelten. Christian fühlte sich an den Film *Jurassic Park* erinnert, in dem ein Bernstein vorkam, dessen „Gefangener“, eine Fliege aus vorhistorischer Zeit, das Material für die Neuerschaffung der Dinosaurier geliefert hatte.

Christian trat zu seinen Freunden und nickte dem fremden Jungen freundlich zu. Der errötete, blieb aber stehen und sah Christian mit einer Mischung aus Neugierde und Misstrauen an.

„Komischer Kerl“, dachte Christian. Er räusperte sich und wandte sich dem Jungen zu. „Sei mir gegrüßt! Bist du auch fremd in dieser Stadt?“

Der Junge sah ihn verwirrt an, lächelte dann aber überraschend liebenswürdig und antwortete in einem sehr gepflegten Latein: „Ich bin erst gestern in diese Stadt gekommen. Du und deine Freunde, ihr scheint auch fremd zu sein. Was hat euch hierher geführt?“

‚Ein Geist, der endlich gerächt werden will‘, hätte Christian fast gesagt, biss sich aber rechtzeitig auf die Zunge. „Wir besuchen Freunde in dieser Stadt“, sagte er und log dabei ja nicht einmal.

„Ihr seid Germanen?“, fragte der Junge.

„Wir sind vom Stamm der Markomannen, doch meine Mutter ist aus Italien und ich habe in Rom gelebt“, rutschte es Christian heraus.

Der Junge sah ihn aufmerksam an. „Du hast in Rom gelebt?“

„Ich bin erst vor wenigen Wochen von dort weggegangen“, erklärte Christian. Lukas und Laura waren zu ihm getreten.

Der Junge drehte sich zu einem älteren Mann um, der im Schatten eines Hauses stand, und rief: „Seneca, diese drei sind auch Fremde in der Stadt meiner Mutter. Und dieser Junge hier hat in Rom gelebt.“ Er wies mit dem Kinn auf Christian.

Christian durchzuckte es. Seneca? Der ältere Mann kam näher. Er hatte kluge Augen, trug einen Haarkranz um seine Glatze und hatte tiefe Kerben um seinen Mund. Christian kannte Büsten des großen Philosophen und Schriftstellers, der einst der Lehrer des jungen Nero, des späteren Kaisers von Rom, gewesen war. Auf diesen Büsten sah das Gesicht zerfurcht aus und wurde von einem Bart umrahmt. Doch dieser Mann hatte eher volle Wangen und keinen Bart. Aber er war ja auch erst 49 Jahre alt, wenn Christian richtig rechnete.

Wenn dies Seneca war, dann musste der Junge in der schön gewirkten Tunika Nero sein! Christian lief ein Schauer den Rücken herunter. Er sah den Jungen genauer an. Er wirkte, bis auf seine teure Kleidung und den überheblichen Ausdruck in seinen dunklen Augen, eher unauffällig. Ein

13-Jähriger zu Besuch in Köln, wie sie. In der Stadt, in der seine Mutter geboren worden war und die nun von ihr gefördert wurde.

Seneca wandte sich an Christian und fragte mit liebenswürdig sanfter Stimme: „Weshalb hast du Rom verlassen?"

„Meine Eltern sind gestorben", flunkerte Christian und schämte sich sogleich wegen dieser Lüge. „Ich lebe bei Verwandten in einem kleinen Dorf im Süden und bin nun mit meiner Cousine und ihrem Bruder hier, um Verwandte und Freunde zu besuchen und hier vielleicht eine neue Heimat zu finden."

Was er da zusammenlog! Das ging ja auf keine Kuhhaut. Aber er konnte unmöglich die Wahrheit sagen. Seneca sah ihn nachdenklich an. Dann lächelte er und erwiderte: „Möget ihr eine Heimat finden! Dies ist eine schöne Stadt, auch wenn ich persönlich das Wetter als zu kühl empfinde und die Nächte zu feucht."

„Ach was, Seneca! In Rom ist es im Winter auch nicht immer schön", rief der Junge, der Nero war, vergnügt. Er wirkte auf einmal gelöst und viel weniger arrogant. Er sah zu Laura hinüber, die noch immer die Bernsteinkette betrachtete. „Lass mich dir diese Kette schenken!", sagte er, und ehe Laura etwas erwidern, geschweige denn protestieren konnte, hatte er die Kette erstanden.

Laura wurde knallrot im Gesicht, knickste vor lauter Verlegenheit und schien völlig verwirrt zu sein.

In diesem Augenblick traten zwei hochgewachsene Soldaten in prächtigen Rüstungen auf Nero und Seneca zu. „Herr", sagte der eine von ihnen, der dem Legionär aus dem Römermuseum in Xanten ähnelte. „Herr, Eure Mutter wird sich um Euch sorgen. Wir sollten nun umkehren."

Der Junge zog einen Flunsch. „Sie verdirbt mir auch jeden Spaß", grummelte er und wirkte auf einmal sehr jung.

Seneca nickte. „Es wird Zeit für Eure Lektionen in Philosophie und Griechisch."

Der Junge wandte sich zu Christian um. „Schade, ich hätte gerne länger mit dir geredet und dich besser kennengelernt. Ich bin fünf Tage in Colonia. Morgen sollen einige Veteranen geehrt werden. Das ist einer der Gründe dafür, dass meine Mutter hier sein wollte. Mein Stiefvater Claudius konnte nicht aus Rom fort, er hat zu viele andere Dinge zu tun."

Bei der Erwähnung des Namens seines Stiefvaters blickte Nero verächtlich drein und verwandelte sich wieder in den überheblich wirkenden Jungen von vorhin. Doch dann lächelte er plötzlich strahlend, und seine Augen glänzten. „Ich hoffe, ich sehe euch wieder. Es wäre schön, wenn wir zusammen ein bisschen durch diese Stadt gehen könnten. Ich sehe mir gerne Häuser und Plätze in anderen Städten an, denn ich finde, dass Rom viel schöner und prachtvoller sein müsste als es derzeit ist. Tempel aus Marmor, viele Säulen, Statuen, Paläste – so sollte Rom aussehen. Davon träume ich! Vielleicht sehe ich ja hier etwas, das man in Rom nachbauen kann."

Christian verneigte sich vor dem Jungen, von dem er wusste, dass er nicht nur eines Tages Kaiser sein würde, sondern dass er nach dem Brand von Rom die Ewige Stadt nach seinen Vorstellungen verändern würde. Er dachte an die Domus Aurea zurück, den Ort, wo seine Albträume begonnen hatten. Und da rutschte ihm heraus: „Wenn du erst Kaiser bist, Nero, wirst du Rom wirklich verändern."

Am liebsten hätte er sich im selben Moment die Zunge abgebissen, denn sowohl Nero als auch Seneca starrten ihn fassungslos an.

„Kaiser?", murmelte Nero.

„Kaiser?", stammelte Seneca.

Doch ehe der Junge und sein Lehrer antworten oder reagieren konnten, hatte Christian sich schon umgedreht und eilte mit großen Schritten davon, gefolgt von Lukas und der selig lächelnden Laura. Sie war völlig entzückt über ihre Bernsteinkette und folgte den beiden Jungen brav.

„Halt, halt, bleibt doch stehen!", hörte Christian Nero mit schriller Stimme rufen. Er warf einen Blick zurück.

Da stand der Junge, der einmal Kaiser werden sollte. Niemand konnte ahnen, dass er dieses Amt mit Füßen treten, seinen weisen Lehrer Seneca in den Tod treiben, seine engsten Verwandten ermorden und als Tyrann in die Geschichte eingehen würde.

Nero starrte, umgeben von seinen zwei Leibwächtern, hinter ihnen her. In Senecas Gesicht war ein seltsamer Ausdruck getreten. Es schien, als hätte der weise Mann etwas verstanden oder bemerkt, was weder der sonderbare Junge namens Nero noch seine beiden Leibwächter begriffen hatten – dies war keine Prophezeiung gewesen, sondern die unwiderrufbare Wahrheit, eine Tatsache der Geschichte, in der Seneca und Nero wichtige Rollen spielten, wenn auch auf unterschiedlichen Bühnen.

DIE VERSCHWÖRER

„Was hast du dir denn dabei gedacht?" Laura war ganz außer sich. „Wie kannst du nur diesem komischen Jungen sagen, dass er Kaiser wird? Jetzt hast du ihm Gedanken in den Kopf gesetzt, die er vielleicht noch gar nicht hatte."

„Da kennst du aber Nero und seine Mutter schlecht", erwiderte Christian. „Das weiß man doch aus dem Geschichtsunterricht, dass sie alles dran setzt, damit ihr Sohn Nachfolger seines Stiefvaters Claudius wird. Und man kann Geschichte nicht ändern. Aber du hast recht, das ist mir leider einfach so herausgerutscht. Ich hätte das nicht sagen sollen."

„Du hättest mal den Blick von Seneca sehen sollen!", sagte Lukas.

„Hieß Nero eigentlich immer schon so?", fragte Laura, die versonnen mit ihrer neuen Kette spielte.

„Nein, er hatte erst einen anderen Namen, irgendetwas mit Lucius. Aber dann hat ja seine Mutter Claudius geheiratet, und nun hofft sie, dass Nero eines Tages Kaiser wird. Deshalb hat sie Seneca engagiert, der als unheimlich kluger Lehrer gilt. Der hat natürlich keine Ahnung, dass sein Schützling mal ein ziemlicher Tyrann und wahnsinnig sein wird. Schon seltsam, dass wir das alles wissen. Nero wirkt ja eigentlich wie ein fast durchschnittlicher, wenn auch etwas arroganter Junge. Und er ist so alt wie wir."

Christians Miene drückte Verwunderung aus. „Mannomann, das wird uns keiner jemals glauben! Wir haben Nero getroffen! Und Seneca! Und waren in Köln, als es gerade zu einer richtigen Stadt wurde. Nee, nee ... Ich kann es nicht fassen!"

„Na, ich hoffe, wir kommen irgendwann in unsere Zeit zurück, um das überhaupt jemanden erzählen zu können", warf Lukas ernüchternd ein. „Aber woher, Christian, weißt du eigentlich so viel über diese Zeit und Nero?"

„Weil ich mit meiner Tante in seiner Villa in Rom war und seitdem diese sonderbaren Albträume habe", sagte Christian.

Die drei Kinder hatten sich inzwischen von dem Marktplatz entfernt und trotteten etwas ziellos durch die Gassen. „Hunger", sagte Lukas plötzlich laut. „Ich habe einen Mordshunger. Das Frühstück heute Morgen war ja nicht gerade üppig."

„Echt römisch", meinte Laura.

„Wir sollen sowieso wieder zur Taverne gehen. Der Geist hat das gesagt. Wir kommen sonst nie zu Potte, und ich will gerne mal wieder nach Hause, so nett ich das hier alles auch finde", sagte Christian.

Sie fanden die Taverne *Zum Goldenen Schwert* nicht gleich wieder, sondern landeten erst in einem Gasthaus, das *Via Antica* hieß und in dem es fürchterlich nach angebranntem Fleisch stank. Dann kamen sie zu ihrem Ziel. Es roch gut nach Braten, und den Kindern zog sich der Magen zusammen. Marcella kam gleich auf sie zu und wies ihnen einen Tisch in einer Ecke des Raums zu. „Es gibt heute Lamm", erklärte sie.

„Mit Kartoffeln, hoffe ich", sagte Lukas zu seinen Freunden.

„Blödmann, Kartoffeln gab es damals doch noch lange nicht! Und Nudeln auch nicht." Laura kicherte. „Stell dir vor, du würdest Marcella erklären wollen, dass du Kartoffeln haben möchtest. Die würde doch denken, du hast einen Knall."

Lukas schwieg beleidigt. Aber seine Miene hellte sich auf, als Marcella wenig später mit einer Schüssel voll dampfendem Fleisch kam und dazu noch eine zweite Schüssel mit Gemüse und einen Korb mit dicken Brotscheiben brachte. Es schmeckte köstlich. Dazu tranken sie Wasser und fühlten sich bald rund und satt.

Um diese Zeit waren nur wenige Gäste in der Taverne. Christian sah sich nach Marcellus Vincius um. Er entdeckte ihn in der hintersten Ecke des Raums an einem Tisch mit Gaius Magnus und natürlich auch mit

Fabius Narvus. Marcellus sah kurz zu den Kindern hinüber und runzelte die Stirn. Irgendetwas schien ihn zu stören oder zu beunruhigen.

Der Blick, den er Christian zuwarf, war alles andere als freundlich. Diese dunklen Augen machten dem Jungen wie schon beim letzten Mal Angst. Es lag etwas Unberechenbares darin, eine Drohung. Wieder rann ihm ein Schauer über den Rücken. Waren das vielleicht die Augen, die er in seinem Traum gesehen hatte? Konnte Marcellus der Mörder sein? Es würde alles gut zusammenpassen: Er hatte nach der Varusschlacht genügend Geld gehabt, um sich diese Taverne in einer guten Gegend von Köln zu kaufen, und er wirkte nicht gerade wie ein liebenswürdiger Zeitgenosse. Irgendwie umgab ihn eine dunkle Aura.

Christian sah zu den drei Männern hinüber. Fabius Narvus trank gerade aus einem Becher und wirkte nervös, Gaius Magnus starrte auf die Tischplatte. Da stimmte doch etwas nicht! Vor allem Marcellus wirkte aufgebracht. Christian spitzte seine Ohren. Aber er konnte nichts verstehen, da die drei Männer zu weit entfernt saßen. Da war etwas im Busch. Christian beschlich das ungute Gefühl, dass die drei ehemaligen Legionäre nicht über das Wetter oder über die steigenden Getreidepreise sprachen und auch nicht über die Qualität des mittäglichen Bratens. Wenn er doch irgendwie näher an sie herankommen könnte!

In diesem Moment ging die Tür auf, und Gaius Minor stürmte herein. Er war völlig aufgelöst. Sein Helm saß schief auf seinen kurz geschorenen Locken, der Schweiß tropfte von seiner Stirn, und sein Gesicht sah aus, als habe er zu lange in der prallen Sonne gestanden. Er blickte sich kurz um, sah die Kinder an ihrem Tisch sitzen und rannte auf sie zu. „Er lässt euch überall suchen!“, keuchte er. „Er hat seiner Mutter gesagt, dass er euch finden muss.“ Gaius hielt inne und schnaubte laut.

„Wer will wen finden?“, fragte Christian verwirrt.

„Nero! Er hat über seine Mutter den Befehl ausgeben lassen, dass man euch suchen soll. Er will mit euch sprechen.“ Gaius ließ sich auf einen Stuhl plumpsen. „Mein Zenturio hat es gesagt und den Befehl weitergegeben. Er weiß natürlich nicht, dass ich euch kenne. Und jetzt sollen wir nach drei Kindern suchen, die ein sonderbares Latein sprechen – was aber nichts Besonderes in Colonia ist, weil da viele ein seltsames Latein reden. Zwei Jungen, ein Mädchen, so alt wie Nero und fremd in Colonia."

Gaius Minor griff nach Lauras Becher und stürzte das Wasser darin in einem durstigen Zug hinunter. „Was soll ich machen? Soll ich euch jetzt mitnehmen? Ich muss es eigentlich tun!" Gaius Minor sah sehr unglücklich aus.

Christian erholte sich allmählich von seinem ersten Schrecken. Wahrscheinlich wollte der kaiserliche Junge mit ihnen über seine Prophezeiung sprechen und Genaueres erfahren. Hätte er doch bloß den Mund gehalten!

„Verdammter Mist", entfuhr es Lukas. „Was sollen wir nun machen? Abhauen?" Er hatte vor lauter Aufregung Deutsch gesprochen.

Gaius Minor sah ihn verwirrt an. „Euer Dialekt klingt wirklich seltsam! Was hast du gesagt? Ich kann zwar das Germanisch meiner ubischen Mutter ganz gut verstehen. Aber dich verstehe ich überhaupt nicht."

„Ich habe nur gesagt, dass ich nicht weiß, was wir machen sollen", erklärte Lukas.

„Ach so. Ich bin sicher, euch wird nichts Böses geschehen. Aber mir gefällt das nicht", sagte Gaius Minor mit betrübtem Blick.

Sein Vater war inzwischen aufgestanden und zu ihnen an den Tisch gekommen. Er sah verstört aus, legte seinem Sohn jedoch freundlich die Hand auf die Schulter. „Was ist geschehen, Gaius? Du siehst ja völlig erledigt aus. Zu lange in der Sonne Wache geschoben?"

„Nein, Vater. Ich habe einen Auftrag zu erfüllen, der nicht einfach ist." Gaius Minor war aufgestanden. „Ich lasse euch erst einmal nachdenken, ob ihr mitkommen oder ob ihr unauffällig verschwinden wollt. Dann könnte ich immer noch Meldung machen, dass ihr die Stadt verlassen habt."

„Das kannst du nicht, Gaius", sagte Christian. „Du wirst furchtbaren Ärger bekommen, wenn das bekannt wird. Das kann das Ende deiner Karriere oder auch deines Lebens bedeuten."

Gaius Minor lächelte. „Ich mag euch, Fremde. Und wenn ich euch helfen kann, so tue ich dies. Ich habe das Gefühl, die Götter wollen, dass ich euch beschütze.“

Damit stürmte der junge Mann aus der Taverne und ließ seinen verwirrten Vater und drei überraschte Kinder hinter sich zurück.

Gaius Magnus wandte sich an die Kinder. „Welchen Auftrag hat denn mein Sohn, der ihn so in Verwirrung stürzt?“

Christian zuckte mit den Achseln. „Das muss er Euch selber sagen.“

Fabius Narvus war hinter Gaius Magnus getreten. „Komm, Gaius“, sagte er. „Wir haben noch etwas zu besprechen.“

Gaius sah nicht mehr so sanft und müde aus wie am Tag zuvor. In seinen Augen war ein Flackern, das gar nicht zu seinem Äußeren passte. Mit einem hilflosen Blick wandte er sich seinem alten Kameraden zu und antwortete: „Wir sollten das noch einmal mit Marcellus in aller Ruhe durchgehen.“ Er ging mit Fabius zurück an den Tisch in der anderen Ecke des Raums.

Christian hielt es nicht mehr aus. Es wurde ihm alles zu viel. Auf der einen Seite Nero, der nach ihnen suchen ließ, wohl wegen seiner dummen Äußerung, zum anderen diese Geheimnistuerei der drei Männer, die vor langer Zeit mit *seinem* Geist, damals noch Titus Aristus, gemeinsam in der Varusschlacht gekämpft hatten, und von denen einer ein Verräter und Mörder war. Was heckten sie nun wieder aus? Der Geist hatte ihm erzählt, dass er den Verdacht habe, es würde eine neue Verschwörung stattfinden. Er musste wissen, um was es ging. Und deshalb musste er näher an die Männer herankommen.

Der Raum füllte sich mit weiteren Gästen, und Marcella lief hin und her mit Schüsseln, Krügen, Bechern und Schalen. Christian hatte eine Idee. Er stand auf und ging zu ihr. „Kann ich dir helfen?“, fragte er. „Du hast sehr viel zu tun. Ich würde dir gerne etwas abnehmen, weil du so freundlich zu uns bist.“

Sie strahlte ihn erfreut an. „Wenn du mir wirklich helfen willst, kannst du die Wasserkrüge auf die Tische stellen. Die sind ziemlich schwer, und ich habe alle Hände voll zu tun mit den Bestellungen."

Christian holte die Krüge, die auf einem Tisch in der Nähe der Küche standen, und verteilte sie. Dabei kam er auch wie zufällig am Tisch der drei Veteranen vorbei. „Marcellus, das ist eine einmalige Gelegenheit", hörte er Fabius Narvus gerade sagen. „Es wird uns Geld und Ruhm bringen. Die Nachwelt wird uns dafür feiern, dass wir den Mut hatten, diese Tat zu begehen."

„Fabius, das ist Mord!", flüsterte Marcellus.

„Ach, stell dich nicht so an. Du warst früher doch nicht so zimperlich!", erwiderte Fabius heftig.

„Wie meinst du das?", entfuhr es Marcellus.

„Denk an ..." – und da senkte Fabius seine Stimme so sehr, dass Christian nichts mehr verstehen konnte. Er sah aber, wie Marcellus bleich wurde und Gaius Magnus errötete.

„Ich will darüber hier nicht sprechen", sagte Marcellus plötzlich wieder lauter. „Wir sollten in den anderen Raum gehen."

Er rief Marcella zu sich und sagte: „Du hast jetzt hier die Aufsicht. Ich muss mit Fabius und Gaius etwas Wichtiges bereden. Wir sind in der hinteren Kammer und wollen auf keinen Fall gestört werden." Die drei Männer standen auf und verschwanden hinter einem dicken Vorhang aus blauem Leinen.

‚Verdammter Mist!' Christian sah sich verzweifelt um. Was sollte er jetzt machen? Marcella schien aufgefallen zu sein, dass der Junge sehr beunruhigt aussah. „Was ist mit dir? Und was wollte Gaius von dir?" Als sie den Namen des jungen Soldaten aussprach errötete sie.

‚Aha, daher weht der Wind', dachte Christian. Marcella war zwar erst höchstens 15 Jahre alt, aber damals heiratete man jung. Und Christian, der sich eigentlich nicht besonders für Romanzen interessierte, konnte sich gut vorstellen, dass Marcella, die er sehr nett fand, bald vielleicht den jungen Soldaten heiraten würde – wenn er nicht vorher wegen Befehlsverweigerung verhaftet wurde. Denn wenn er Christian und seine Freunde nicht zu Nero brachte, obgleich er wusste, wo sie waren, konnte das als solche ausgelegt werden. Hier lag Christians Chance.

Er zog das Mädchen auf die Seite und sagte: „Marcella, Gaius soll uns suchen und zu Nero bringen. Er wollte aber, dass wir selbst entscheiden, ob wir zu Nero gehen oder nicht. Denn er sieht sich als unser Beschützer und will nicht, dass uns etwas geschieht. Wenn er uns nicht verrät und das rauskommt, könnte das schlecht für ihn sein. Deshalb werden wir freiwillig mit ihm zu Nero gehen. Das kann seinem Ansehen und seiner Karriere nützen. Doch dafür musst du mir zuerst helfen. Ich muss wissen, worüber die drei Männer im Nebenraum sprechen. Es geht um eine große Sache. Sobald ich das weiß, werde ich mit Gaius Minor zu Nero gehen."

Christian sah, dass Marcella hin- und hergerissen war. Aber dann gab sie sich einen Ruck. „Wenn du Gaius hilfst, dann helfe ich dir", flüsterte sie. „Komm, es gibt eine Luke im Weinkeller, durch die man in die Kammer hineinsehen kann. Man hört auch, was dort geredet wird. Keiner weiß von ihr außer meinem Vater, meiner Mutter, meinem Bruder und mir."

Wenig später hockte Christian im Weinkeller und spähte durch eine schmale Luke in den Raum, in dem die drei Männer saßen. Er konnte sie zwar nicht alle auf einmal sehen, aber dafür hören. Marcellus schien sehr ungehalten zu sein. „Was du vorschlägst, ist Verrat", sagte er mit dumpfer Stimme.

„Was heißt Verrat?" Fabius fuchtelte wild mit seinen Händen herum. „Es geht darum, zu verhindern, dass dieser Junge einmal Rom regieren wird. Was wir planen, beugt einer Tyrannei vor."

„Woher willst du wissen, ob Claudius wirklich den Sohn von Agrippina zu seinem Nachfolger macht? Und woher willst du vor allem wissen, dass dieser Junge, falls er Kaiser wird, tatsächlich ein schlechter Herrscher ist? Immerhin ist der weise Seneca sein Lehrer", schaltete sich Gaius Magnus ein.

„Ihr alle wisst, wie skrupellos Agrippina ist!", warf Fabius ein. „Der

Sohn dieser ehrgeizigen Frau, die von ihrem eigenen Bruder Caligula wegen ihrer Intrigen in die Verbannung geschickt wurde, kann kein guter Herrscher werden. Ein Caligula hat gereicht, wir brauchen keinen zweiten totalitären Kaiser." Fabius, der auf Christian wie ein freundlicher Gelehrter gewirkt hatte, wirkte völlig verändert. Seine Augen glühten, sein Gesicht war feuerrot, seine wenigen Haare standen ihm wirr zu Berge.

„Und wie hast du dir das vorgestellt? Wie soll das geschehen?", fragte Marcellus.

„Morgen ist die Ehrung der Veteranen, einer der Gründe, weshalb sich Agrippina mit ihrem geliebten Sohn in ihrer geliebten Geburtsstadt aufhält", erklärte Fabius mit einem bitteren Lächeln und einem hasserfüllten Ausdruck. „Wir drei sind auch zu dieser Feier geladen. Das ist die Gelegenheit, Nero zu beseitigen. Ein Stich, ein Hieb, und es ist vorbei. Die Attentäter haben mich angesprochen, weil sie wissen, dass wir als Veteranen in der vordersten Reihe stehen und gut an den Jungen herankommen. Es sind hochrangige Offiziere, die uns helfen zu entkommen – mit reichem Lohn. Wir können nach Germania Libera fliehen und später, wenn sich der Sturm verflüchtigt hat, wieder zurückkommen – mit viel Geld."

„Und wer soll den tödlichen Hieb führen?" Gaius Magnus klang wenig überzeugt.

„Marcellus ist der Beste von uns, und er ist der Schnellste. Hast du nicht auch noch das Schwert, das einst Marcus Caelius traf?"

Christian zuckte zusammen. Also war der Verräter und Mörder doch Marcellus, wobei er gehofft hatte, dass dieser Mann, der eine so liebenswürdige Tochter hatte, nicht der Bösewicht war – trotz seiner finsteren Blicke!

Doch Marcellus erwiderte mit leiser Stimme: „Dieses verfluchte Schwert, das ein Verräter in die Hand des Attentäters drückte und mit dem auch Titus Aristus getötet wurde, ist schon lange nicht mehr in meinem Besitz. Der Drahtzieher von damals hat es längst an sich genommen, und ihr alle wisst, dass er danach eine steile Karriere gemacht hat und hoher Offizier geworden ist. Ich wette, er ist der Mann, der hinter der

Verschwörung gegen den jungen Nero steht. Denn er kann nie genug bekommen und möchte in Rom gerne selbst an höchster Stelle stehen. Alle, die sich ihm in den Weg stellen oder seine Karriere behindern, beseitigt er. So war es bei Marcus Caelius, so wird es bei Nero sein. Warum ist er so feige und führt nicht selbst aus, was er plant?"

„Wer ist es denn?", fragte Gaius Magnus. „Wenn du es weißt, Marcellus, warum hast du all die Jahre geschwiegen und zugelassen, dass unser Kamerad als Verräter und Mörder verdächtigt wurde, dass man seinen Namen entehrte und seine Familie damit ins Unglück stürzte?"

Marcellus seufzte. „Ich habe damals große Schuld auf mich geladen. Ich ahnte, wer es war, aber ich wusste es nicht genau. Ich bin mir immer noch nicht sicher. Es kommen zwei Männer dafür infrage. Aber du, Fabius, hast es damals ebenso wie ich gewusst und auch geschwiegen. Wir waren jung, fürchteten uns in dieser öden Wildnis, waren verunsichert und verschreckt und hatten nur eines im Sinn: Wir wollten lebendig aus dieser Katastrophe herauskommen. Deshalb habe ich damals geschwiegen, obgleich ich genau wusste, dass Titus Aristus niemals der Täter sein konnte. All das Geld, das ich bekommen habe, hat mir nicht geholfen, mein schlechtes Gewissen zu betäuben. Aber es war zu spät. Die Schlacht tobte, Marcus Caelius starb, wir flohen, und wenig später war Titus Aristus tot. Das Schwert, mit dem er erschlagen wurde, lag neben ihm. Ich habe es aufgehoben und mitgenommen. Doch als wir endlich in unser Lager nach Castra Vetera kamen, wollte ich nur noch vergessen. Und dann verschwand das Schwert. Ich habe es nie wiedergesehen und wollte es auch nie wiedersehen. Bis heute verfolgen mich diese schrecklichen Tage."

Marcellus stürzte einen Becher Wein hinunter und stützte den Kopf in seine Hand. Dann sah er Fabius finster an: „Wenn du heute zu einem solchen Verrat bereit bist und an das Blutgeld für diese Tat denkst, dann warst du es damals vielleicht auch! Wer war der Offizier, der dich damals überredete, mit ihm gemeinsame Sache zu machen?"

Fabius fuhr sich mit der Zunge über die Lippen. „Ich habe damals an die Freiheit der Germanen geglaubt", flüsterte er heiser. „Meine Mutter stammte aus dem Stamm der Cherusker. Deshalb ließ ich mich überreden, bei dem Anschlag auf Marcus Caelius mitzumachen. Doch im letzten Augenblick bin ich abgesprungen, ich wollte nicht, dass Titus Aristus zum Sündenbock wird! Ich war zu feige, die Wahrheit zu sagen. Aber ich habe ihn nicht getötet! Ich weiß nicht genau, wer hinter der Tat steckte. Auf jeden Fall stand er im Rang weit über uns."

„Und nun ist derselbe Mann an dich herangetreten, um dich zu überreden, Nero zu ermorden? Und du weißt immer noch nicht, wer er ist?" Gaius klang skeptisch.

„Er trug einen Umhang mit Kapuze. Aber es war derselbe Mann wie damals. Ich habe seine Stimme erkannt. Er hat mir gedroht: Wenn wir uns weigern, wird er aufdecken, dass wir damals vom Schlachtfeld geflohen sind und uns in die Wälder geschlagen haben. Und das, obwohl wir wussten, dass einer von uns verdächtigt wird. Er wird publik machen, dass wir tatenlos zugesehen haben, wie Titus Aristus zu Unrecht beschuldigt und ermordet wurde. Wenn wir ihn dagegen unterstützen, zahlt er uns viel Geld – ihr wisst, dass ich Spielschulden habe!" Fabius schwieg erschöpft. Dann fragte er: „Was also sollen wir tun? Unsere Zukunft steht auf dem Spiel, unser Leben, unsere Familien …"

„Glaubst du denn wirklich, dass dein unbekannter Anstifter uns laufen lässt? Erinnere dich, was mit Titus Aristus geschehen ist. Er wurde kaltblütig ermordet, und ich habe sogar eine Zeit lang geglaubt, dass es einer von uns war. Wir sind einfach geflohen, obwohl wir wussten, dass ein Verräter unseren Zenturio auf dem Gewissen hat. Wir waren fahnenflüchtig. Und das als Soldaten der römischen Legion. Darauf steht der Tod!" In Marcellus' Stimme klang Verzweiflung.

„Wenn wir uns jetzt verweigern, müssen wir fliehen, denn ansonsten wird bekannt, was vor 41 Jahren wirklich geschehen ist", sagte Fabius. „Dann doch lieber helfen, einen zukünftigen Tyrannen zu beseitigen, und weiterleben, als in Unehre sterben zu müssen oder zu fliehen."

„Mord ist niemals ehrenhaft“, warf Gaius ein.

„Denk an die Ermordung Cäsars“, sagte Fabius. „Das waren ehrenhafte Männer.“

„Darüber lässt sich streiten“, antwortete Marcellus heftig. „Gut, wir wollen jeder für sich noch einmal nachdenken und uns später hier treffen, um noch einmal abzustimmen.“

Die beiden anderen nickten. Fabius entgegnete: „Wenn wir es tun, dann merzen wir die Vergangenheit aus. Dann können wir endlich in Frieden leben.“

„Das glaubst auch nur du“, erwiderte Gaius. „Gewalt zeugt Gewalt. Und fliehen müssen wir ohnehin erst einmal – wenn wir nicht vorher selbst getötet werden.“

Gaius sah für einen Augenblick nachdenklich in seinen Becher und wandte sich dann an Fabius. „Aber weshalb, sage mir das noch, hat dieser Unbekannte dich jetzt nach so vielen Jahren angesprochen?“

Fabius schwieg eine Weile, dann sagte er: „Weil er weiß, dass ich damals tiefer in die Ereignisse verwickelt war als ihr beide. Mehr will ich dazu nicht sagen. Er hat mich seither in der Hand – oder glaubt ihr, ich hätte meine Spielschulden alleine begleichen können? Und ich habe immer noch Schulden! Das Attentat soll jetzt die letzte Art von Schuldenerstattung sein – er hat gesagt, danach sei ich frei. Aber alleine kann ich den Anschlag nicht vollbringen. Ich brauche euch.“

„Was heißt schon Freiheit? Wahrscheinlich frei, wie es nur die Toten sein können“, murmelte Marcellus und stand auf. „Der Fluch der Vergangenheit trifft uns alle. Damals waren wir zu feige, uns unserer Verantwortung zu stellen. Und jetzt? Haben wir aus all dem etwas gelernt?“ Er seufzte. „Wir sehen uns wieder, wenn es dunkel ist. Dann entscheiden wir, was wir tun werden und ob du mit uns rechnen kannst.“ Die drei Männer verließen den Raum.

Laura und Lukas sahen verwundert, wie Christian plötzlich aus der Taverne stürmte und nichts zu sehen und zu hören schien.

„Der hat wohl noch ein Gespenst gesehen!“, ulkte Laura und sah mit einem ironischen Lächeln hinter ihrem Freund her.

Doch Christian musste einfach frische Luft schnappen, denn was er da belauscht hatte, hatte ihn verwirrt und zutiefst verstört. Er musste es dem Geist erzählen – so schnell wie möglich. Und er musste einen Plan schmieden, und er musste seine Freunde warnen, und er musste …

Christian schwirrte der Kopf: Der wahre Mörder von Marcus Caelius und Titus Aristus war also weder Marcellus Vincius noch Fabius Narvus noch Gaius Magnus, sondern ein großer Unbekannter. Fabius Narvus hatte zwar dem Mörder geholfen, seine Taten zu vollbringen – aber nicht selbst das Schwert geführt. Der Mann mit der römischen Rüstung, der Christian seit seinem Besuch in der Villa des Nero in Rom verfolgte, musste also ein anderer sein – ein Offizier, der vor nichts zurückschreckte und alles für seine Karriere tat.

Christian befürchtete plötzlich, dass alles umsonst gewesen sein könnte, es ihm nicht gelingen würde, den Geist zu erlösen, und er und seine beiden Freunde vielleicht nie mehr nach Hause zurückkehren könnten.

Vor lauter Aufregung sah Christian den Mann in dem dunklen Umhang mit Kapuze nicht, der sich aus dem Schatten der Häuser löste und ihm folgte.

DUNKLE STUNDEN

Christian merkte bald, dass er sich verirrt hatte. Wo blieb bloß der Geist? Hatte er nicht laut getönt, er werde immer in seiner Nähe sein? Doch die Nacht blieb still, nur in weiter Ferne bellten Hunde. Christian hörte Stimmen von Menschen, die in einer der Tavernen gewesen und nun auf dem Heimweg waren. Die Stille um ihn herum begann ihn zu beunruhigen. Die Häuser wirkten grau und abweisend. Sie sahen alle gleich aus. Es gab keine Straßenschilder, und so lief Christian in die Richtung, in der er den Rhein vermutete. Irgendwo mussten ja wieder die Taverne *Zum Goldenen Schwert* und seine Unterkunft bei Tante Lucilla auftauchen.

Plötzlich vernahm Christian nur wenige Meter hinter sich ein Knacken und ein kaum vernehmbares Klirren. War das der Geist? Oder verfolgte ihn jemand? Christian hatte schon seit einigen Minuten das unangenehme Gefühl, dass ihm jemand auf den Fersen war. Wenn er doch nur zurück zur Taverne finden würde, Lukas und Laura einsammeln und so schnell wie möglich mit den beiden zu Lucilla gehen könnte!

Morgen würde er dann versuchen, Nero zu treffen und ihm die Verschwörung zu enthüllen. Gleichzeitig würde die Wahrheit über Titus Aristus ans Licht kommen. Dann könnte er endlich nach Hause zurückkehren. Oder sollte er das geplante Attentat lieber doch nicht verhindern und stattdessen den Lauf der Geschichte verändern? Schließlich hatte Fabius Narvus ja recht mit seiner These, dass Nero einmal ein schrecklicher Tyrann werden würde. Wenn Nero nun tatsächlich starb, bliebe Rom wahrscheinlich einiges erspart.

Aber während Christian dies überlegte, wusste er, dass es unmöglich war. Alles musste so geschehen, wie es die Geschichtsbücher berichteten: Nero wird im Jahre 54, also mit knapp 17 Jahren, Kaiser, regiert 14 Jahre lang das Römische Reich und stirbt im Jahre 68 durch Selbstmord. Am Anfang seiner Regierungszeit steht er noch unter dem guten Einfluss seines Lehrers Seneca, der dann immer mehr zurückgedrängt wird, seine Ämter und seinen Einfluss verliert und sich im Jahre 65 auf den Befehl Neros selbst tötet. Unter Neros Regierung wird Armenien Teil des Römischen Reichs. Britannien, das Kaiser Claudius zum großen Teil erobert hat, wird fest in das Reich eingegliedert und befriedet. In Judäa beginnen Aufstände gegen die Römer, und im Jahre 64 nach dem großen Brand von Rom entwickelt sich Rom unter Nero zu einer neuen glanzvollen Stadt.

Damals entstand auch die Domus Aurea, die in Christians Träumen herumspukte. Nero war, das wusste Christian, eine sehr zwiespältige Figur, ein Kaiser, der am Anfang durchaus vielversprechend gewirkt hatte, das Rechtssystem reformierte und die Künste sehr förderte, da er sich selbst als Künstler sah. Doch dann steigerte er sich immer mehr in seinen Größenwahn hinein und schreckte nicht vor Mord zurück, um seine Macht zu sichern. Er ließ mehrere seiner Verwandten ermorden, darunter seine eigene Mutter Agrippina.

Christian hatte sich vor dem Besuch in Neros Palast mit diesem Kaiser beschäftigt und festgestellt, dass es mehr als hundert Bücher über Nero gab, von der zeitgenössischen Chronik über Biografien bis hin zu Kriminalromanen. Was für eine Gestalt der Geschichte, bei der sich längst Wirklichkeit und Legende vermischt hatten!

Und nun hatte er ihn kennengelernt – als einen etwas unsicheren Jungen, der diese Unsicherheit hinter Arroganz zu verbergen versuchte und sich bemühte, älter zu wirken als seine 13 Jahre.

Sollte er, Christian, zulassen, dass man diesen Jungen ermordete? Was würde das am Lauf der Geschichte schon ändern? Das Römische Reich hatte die 14 Jahre von Neros Regierung insgesamt fast ohne Schaden überstanden, da es auf recht festen Grundlagen errichtet war. Und seine größte Macht und territoriale Ausdehnung erreichte das Römische Reich wenige Jahre nach Neros Tod.

Er musste das Attentat verhindern, herausfinden, wer der geheimnisvolle Auftraggeber von Fabius Narvus war! Es musste ein Mann von einigem Einfluss sein, etwa Mitte 60, der derzeit hier in Köln war, um der Veteranenehrung beizuwohnen.

Christian war so sehr in seine Gedanken vertieft, dass er wie vom Blitz getroffen zusammenzuckte, als er unmittelbar hinter sich wieder dieses Knacken und Klirren vernahm, diesmal sehr viel deutlicher. Ehe er sich umdrehen konnte, spürte er einen spitzen Gegenstand in seinem Rücken und hörte eine dumpfe Stimme, die ihm zuflüsterte: „Du hättest deine Nase nicht in diese Dinge stecken sollen, Kleiner. Du und deine beiden Freunde, ihr seid allzu neugierig. Jetzt ist das Spiel aus."

Christians Kehle fühlte sich trocken wie Sandpapier an. Trotzdem stieß er hervor: „Wer bist du?"

„Das wüsstest du sicher gerne!" Er hörte ein selbstsicheres Lachen. „Ich sperre dich die nächsten Stunden zusammen mit deinen Freunden ein. So lange, bis unser Plan vollendet ist und ihr uns nicht mehr gefährden könnt. Aber keine Angst: Ich werde dich nicht töten. Dafür bist du dann doch nicht wichtig genug. Über die Hintergründe weißt du ohnehin nichts. Aber dabei soll es auch bleiben! So, und jetzt komm!"

Christian fühlte einen Stoß im Rücken und stolperte die Gasse entlang. Vor einer Mauer, in der sich eine kleine Tür befand, schnaubte der Fremde „Hier herein!" und schubste Christian nach vorne.

Fieberhaft überlegte Christian, ob er versuchen sollte, sich loszureißen und wegzurennen.

Doch der Fremde schien seine Gedanken zu erraten und lachte freudlos. „Versuch es gar nicht erst!", flüsterte er und schob Christian hastig in einen dunklen Raum. Er gab dem Jungen noch einen kräftigen Stoß, so dass Christian nach vorne stürzte. Dann hörte er, wie die Tür hinter ihm zuschlug.

Christian rappelte sich auf. ‚Verdammt', dachte er, ‚wäre ich nicht so gedankenverloren gewesen! Wäre doch dieser blöde Geist aufgetaucht.

Jetzt geht alles schief! Nero wird ermordet, Titus Aristus muss weitere 500 Jahre nach einem Retter suchen und …‘

In diesem Moment wurden seine von Selbstmitleid erfüllten Gedanken unterbrochen. „Christian? Bist du das?“, hörte er eine klägliche Stimme aus der Dunkelheit.

„Laura? Laura, bist du auch hier?“, rief Christian.

„Ja, und Lukas auch. Aber der hat einen Schlag auf den Kopf bekommen und ist noch nicht wieder ganz da“, schluchzte Laura.

Christian kroch in die Richtung ihrer Stimme und tastete vorsichtig mit den Händen den Boden ab. Nach ein paar Metern berührte er einen Arm. „Laura, wie geht es dir?“

„Mit mir ist alles okay. Wir wollten vorhin hinter dir her rennen. Aber da kam dieser Fabius Narvus zu uns an den Tisch und sagte, er habe eine Nachricht für uns. Du würdest uns bitten, im Nebenraum auf dich zu warten. Wir Idioten haben dem Kerl geglaubt und sind ihm gefolgt. Als uns auffiel, dass die Tür zu dem Raum klein und hinter einem alten Weinregal versteckt war und da was nicht stimmt, war es schon zu spät. Kaum waren wir in dem anderen Raum, knallte er die Tür hinter uns zu. Lukas hat geschrien und gegen die Tür getrommelt. Da hat irgendein bulliger Typ den Kopf zu uns hereingesteckt. Lukas hat versucht, an ihm vorbeizustürzen, aber der Typ hat ihm einen Schlag auf den Kopf versetzt, und Lukas ist auf den Boden geknallt. Jetzt sitzen wir hier im Dunkeln und haben keine Ahnung, was das alles soll!“

Christian stockte der Atem. Also war Fabius Narvus doch stärker in diese Geschichte verwickelt als er es vorhin – fast tränenreich – seinen alten Gefährten gegenüber vermittelt hatte … War er doch der Mörder von Titus Aristus, auch wenn dahinter vielleicht ein geheimer Auftraggeber stand? Und hatte er es geschafft, seine beiden alten Kriegsgefährten mit in das Komplott zu ziehen? Er war ja offensichtlich ein geschickter Schauspieler, der seine Mitmenschen täuschen konnte. Doch wer hatte ihn, Christian, überfallen?

„Christian?“ Laura klang immer noch sehr kläglich. „Ich hoffe, dass Lukas nicht ernsthaft verletzt worden ist.“

Doch in diesem Augenblick hörten die beiden, wie Lukas mit etwas zittriger Stimme sagte: „Mein Kopf brummt, als hätte ich einen Fußball an die Birne bekommen.“

„Oh, Lukas!“, rief Laura erleichtert. „Du bist aufgewacht!“

„Ja, und wenn diese Kopfschmerzen so sind wie bei einem Kater, werde ich mein Leben lang keinen Alkohol trinken“, antwortete Lukas mit etwas festerer Stimme.

Laura kicherte erleichtert. Christian sagte: „Bleib erst mal ruhig sitzen! Vielleicht hast du ja eine Gehirnerschütterung.“ Die hatte er nämlich selbst mal vor einem Jahr gehabt, als er vom Rad gestürzt war.

„Nein, das glaube ich nicht“, ließ sich Lukas vernehmen. „Mein Kopf brummt halt etwas. Doch es geht mir schon besser.“

Ein paar Sekunden schwiegen die drei Freunde. „Hat einer von euch sein Handy mit Taschenlampe dabei?“, fragte Christian dann.

Dieser Raum hatte offenbar kein Fenster, und die Luft roch stickig und verbraucht. Man konnte trotz aller Anstrengung nichts sehen, nicht einmal schemenhaft. „Nein“, sagten Lukas und Laura wie aus einem Mund. Christian seufzte.

Sie hatten nichts aus ihrer Zeit dabei, nicht einmal eine Zahnbürste, wie Christian für eine Sekunde amüsiert dachte. Das wäre eine Sensation gewesen! Die erste Zahnbürste aus Plastik in der Geschichte der Menschheit, ein Geschenk aus dem 21. Jahrhundert!

Aber sein Humor verließ ihn sofort wieder. Eine tiefe Müdigkeit überkam ihn und das Gefühl, auf der ganzen Linie versagt zu haben. Laura und Lukas sagten auch nichts mehr. Die drei kuschelten sich enger aneinander, denn obgleich der Raum fensterlos und klein war, strahlten die Wände eine Kälte ab, die sie frösteln ließ.

Ob sie überhaupt jemals wieder aus diesem Verlies befreit wurden? Falls das geplante Attentat für die Verbrecher erfolgreich verlaufen würde, hätte sicher keiner von ihnen Lust, die Kinder zu befreien. Und falls es fehlschlagen würde, gab es ohnehin keine Chance, dass die Attentäter Interesse hätten, sie freizulassen. Sie waren ja immerhin unliebsame Zeugen. Wie man es drehte und wendete – das war es dann wohl …

Christian überfiel Panik, verbunden mit einem tiefen Schuldgefühl. Er hatte Lukas und Laura auf diese verrückte Reise in die Vergangenheit mitgenommen. Er hatte es zu verantworten, wenn sie nie mehr zu ihren Familien zurückkehren konnten und in der Antike verschollen blieben. Höchstens noch für Archäologen interessant, die zwei Jahrtausende später an dieser Stelle in Köln graben und dabei Kinderknochen entdecken würden … Ein schauriger Gedanke!

Christian schloss die Augen. Die Welt versank um ihn herum, eine Welle der Bitterkeit schlug über ihm zusammen. Verdammter Geist! Hätte er doch nicht auf diesen Katakombengeist gehört und seine Bitte, ihn zu retten, einfach abgelehnt. Hätte er doch seine Albträume ignoriert und ein ganz normales Leben als Schüler geführt, ohne den Ehrgeiz, das große Abenteuer erleben zu wollen. Er verspürte heftige Sehnsucht nach seinen Eltern, seiner Tante in Italien, nach seiner Wohnung, seinem gemütlichen Bett, nach der Schule, ja sogar nach Paul und seinen Kumpels. Alles war besser, als hier unten in diesem feuchten Kellerverlies zu verrotten. Hinter seinen geschlossenen Lidern quollen ihm Tränen in die Augen.

Dabei fiel ihm sein Vater ein, der ihm stets gepredigt hatte, dass man sich selbst nie aufgeben dürfe. Er selbst war einmal während einer Ausgrabung bei der Villa des Hadrian, in der Nähe von Rom, in einen Seitengang geraten, dessen Decke hinter ihm einbrach. Mehrere Stunden hatte Christians Vater festgesteckt, hatte gerufen, geklopft, versucht, sich frei zu graben – ohne Erfolg. Doch plötzlich wurde es hell in seinem unterirdischen Gefängnis: Seine Kollegen hatten ihn vermisst, überall gesucht, den verschütteten Gang entdeckt und holten ihn mit Hilfe der Feuerwehr wieder ans Tageslicht – nach drei Stunden, die Christians Vater wie drei Tage vorgekommen waren. „Nie die Hoffnung aufgeben!“, lautete deshalb seine Devise.

Aber das war in einer anderen Zeit geschehen und unter anderen Umständen. Niemand würde sie hier im alten Köln vermissen und nach ihnen suchen, keine Feuerwehr würde die Tür zu ihrem Gefängnis aufbrechen, kein Suchhund an der Tür schnüffeln und keine besorgten Mitmenschen die Stadt nach ihnen absuchen.

„Es tut mir leid", sagte Christian zu seinen Freunden. „Es tut mir ehrlich sehr, sehr leid, dass ihr jetzt hier mit mir in dieser Falle steckt und wir vielleicht nie wieder nach Hause kommen. Alles meine Schuld!" Er merkte, wie ihm die Tränen die Wangen herunterpurzelten.

„Mir tut es auch leid", murmelte Lukas, und Laura legte ihre Hand auf Christians Arm. „Du bist nicht alleine daran schuld. Und vielleicht gibt es ja noch eine Möglichkeit, irgendwie hier wegzukommen."

Christian bemerkte, dass sie aufgestanden war und sich vorsichtig zur Tür tastete. Mit der flachen Hand schlug sie dagegen und schrie aus Leibeskräften: „Hilfe, wir sind hier eingesperrt! Hilfe!"

Es war, als ob Lauras Aktion plötzlich wieder Energie in Christian und selbst in den noch immer etwas benommenen Lukas pumpte. Beide schoben sich quer durch den Raum zu Laura, schlugen wie sie mit den Fäusten gegen die Tür und brüllten: „Hilfe! Wir sind eingesperrt! Hilfe, hört uns denn keiner?"

Doch es blieb still, die Tür bewegte sich nicht. Die Dunkelheit in dem Kellerraum war so undurchdringlich wie zuvor. Ihre Kräfte ließen irgendwann nach, ihre Stimmen klangen heiser und müde. Alle drei sanken auf den Boden, mit dem Rücken zur Tür. „Lasst uns etwas warten und es dann noch mal versuchen", schlug Lukas vor.

Sie blieben einige Minuten im Dunkeln hocken. Dann wiederholten sie ihre Aktion: Mit den Fäusten gegen die Tür trommeln, laut rufen, kurze Pause, wieder Trommeln, wieder Rufen.

Christian erinnerte sich nicht mehr, wie oft sie dies wiederholten. Als sie entkräftet auf den Boden gesunken waren und ihnen der Hals vor lauter Schreien, die Fäuste vor lauter Trommeln schmerzten, glaubte

Christian ein leises Geräusch zu vernehmen, ein Rascheln. Zuerst dachte er voller Schrecken, dass dies eine Ratte oder eine Maus sei. Hoffentlich dachte Laura nicht das Gleiche!

Gerade wollte er wieder aufstehen, um erneut gegen die Tür zu schlagen und mit seiner schon reichlich angeschlagenen Stimme nach Hilfe zu rufen, da hörte er das Geräusch wieder – es kam aber nicht aus dem kleinen Raum, sondern von draußen. Mühsam richtete er sich auf, pochte gegen die Tür und rief mit brüchiger Stimme: „Hilfe, Hilfe!"

Im nächsten Augenblick geschah das Wunder, das Christian in seinem ganzen Leben – und sollte er 100 Jahre alt werden – niemals vergessen würde: Es knarrte und rumpelte, die Tür wurde mit Gewalt aufgebrochen und aufgeschoben, und jemand fragte ins Dunkle: „Seid ihr das, meine markomannischen Freunde?"

Es war Gaius Minor, der dort im Türrahmen stand, eine schemenhafte Gestalt in einer etwas schäbigen Tunika, ohne Rüstung und ohne Helm, aber für die Kinder die herrlichste Erscheinung, die sie je gesehen hatten. Sie taumelten auf ihn zu, und Laura warf sich schluchzend in seine Arme. Der junge Mann schien etwas verwirrt, hielt sie aber für einen Moment fest und fragte dann: „Was macht ihr denn in diesem Keller? Wie seid ihr hier hineingekommen?"

Doch Christian antwortete nicht auf diese Fragen, sondern wollte vielmehr wissen: „Gaius, wie bist du denn hierhergekommen? Wie hast du uns gefunden?"

Der junge Soldat lächelte etwas unsicher und verlegen. Dann räusperte er sich und sagte: „Ja, wisst ihr, ich habe Marcella besucht. Als ich die Taverne verließ, hörte ich eine seltsam heisere, leise Stimme aus der Dunkelheit, die mir zuflüsterte: ‚Deine Freunde sind in dem hinteren Kellerraum der Taverne eingesperrt.' Haltet mich bitte nicht für verrückt! Aber ich habe wirklich diese sonderbare, körperlose Stimme gehört. Sie schien aus einer Dunstwolke zu kommen. Ich war total überrascht und dachte schon, ich sei betrunken. Aber ich hatte nur ein Glas Gewürzwein getrunken. Und da hörte ich die Stimme erneut: ‚Beeile dich doch!' Das kam mir alles eigenartig vor. Doch meine Mutter hat immer gesagt, man solle auf seine Instinkte hören. Und da bin ich hinter die Taverne gelaufen. Früher hat Marcellus hier in dem Raum Gemüse und Obst gelagert. Aber die Kammer wird schon seit Jahren nicht mehr benutzt. Dann habe ich euch gehört – das war's!"

Die Kinder hatten Gaius mit offenem Mund zugehört. Christian schluckte und sagte: „Dann hat uns offenbar ein Geist gerettet!"

„Du glaubst mir also?", fragte Gaius.

„Selbst wenn wir dir nicht glauben würden", erwiderte Lukas schnell, „du hast uns gerettet, egal, wer oder was dir da etwas zugeraunt hat. Ohne dich wären wir dort sicher nie wieder herausgekommen und verdurstet, verhungert oder was auch immer."

Auf einmal wurde den Kindern erst richtig klar, welcher Gefahr sie durch Gaius' Hilfe entkommen waren. Sie nahmen ihn alle drei in die Arme und drückten ihn. „Du bist schon ein richtiger Held!", sagte Laura mit Tränen in den Augen.

Gaius grinste verlegen und wurde rot. Dann fragte er: „Aber wie seid ihr denn da hineingekommen? Zu dem Raum gibt es keinen Schlüssel mehr. Der letzte ist vor ein paar Monaten verschwunden. Wer hat euch eingeschlossen?"

Christian versuchte seine Gedanken zu ordnen. „Also, meine Freunde wurden von Fabius in den Raum gesperrt – es gibt also noch eine Tür in der Taverne zu diesem Raum. Und ich wurde von einem Mann in einem dunklen Umhang überfallen und hierher geschleppt."

„Es gibt keine Tür mehr von der Taverne in diesem Raum", widersprach Gaius. „Die wurde vor drei Jahren zugemauert, als Marcellus den Raum nicht mehr benutzen wollte."

Christian ging darauf nicht ein. Wahrscheinlich wussten nur Fabius und seine Helfer von der Tür hinter dem Weinregal. Marcellus hielt er in diesem Fall für unschuldig und ebenso Gaius Magnus.

Gaius sah die Kinder forschend an. „Wer sollte euch denn hier eingesperrt haben? Ihr seid doch nur Kinder, habt kein Geld, habt keine Feinde. Also, was sollte das alles?“

„Doch, es gibt Menschen, die uns als Feinde sehen“, sagte Christian, der sich langsam von den Schrecken der vergangenen Stunden zu erholen begann. Ob er wollte oder nicht, er musste den jungen Soldaten in ihre Geschichte einweihen. Denn sie brauchten seine Hilfe auch weiterhin. Insgeheim aber ahnte Christian, dass *sein* Geist, hinter der Rettungsaktion stand. Denn ohne Titus Aristus' Eingreifen wäre der Legionär nie auf den Gedanken gekommen, nach ihnen zu suchen. Trotzdem schwor Christian sich, mit dem Geist ein paar ernste Worte zu reden! Ihn erst so im Stich zu lassen und dann in letzter Sekunde wie eine Art Gott aus der Maschine aufzutauchen und Gaius auf die Suche nach ihnen zu schicken – damit war es nicht getan! Na warte, Geist!

Gaius erkannte, dass seine Freunde erschöpft waren. Er führte die drei Kinder, deren mit Staub bedeckten Kleider muffig rochen, in eine kleine Taverne ein paar Gassen weiter. Christian registrierte, dass dies die Gegend war, in der später der berühmte Kölner Heinzelmännchenbrunnen stand.

In der Taverne saßen zu dieser späten Stunde – es musste schon kurz vor Mitternacht sein – nur wenige Gäste. Kaum jemand achtete auf die vier Neuankömmlinge. „Durst“, murmelte Lukas. Eine rundliche Frau brachte einen Krug mit Wasser. Gierig tranken die Kinder ihn leer. Er wurde sofort wieder nachgefüllt. Langsam kehrten ihre Kräfte zurück.

Zögernd begann Christian zu erzählen, was er am frühen Abend im *Goldenen Schwert* belauscht hatte. Die Augen des jungen Legionärs wurden immer größer. Er starrte Christian erst ungläubig, dann entsetzt an. „Fabius Narvus plant ein Attentat gegen Nero?“, stammelte er schließlich.

„Ja, morgen bei der Veteranenehrung“, erklärte Christian. „Und du, Gaius, musst uns helfen, es zu verhindern! Wir wissen nicht, wer alles an dieser Verschwörung beteiligt ist und wer der eigentliche Hintermann ist. Fabius ist nur ein gekaufter Helfer.“

„Und mein Vater?“, flüsterte Gaius.

„Dein Vater hat sich heftig gegen Fabius gewehrt. Aber die drei verbindet eine alte Geschichte, vielmehr eine alte Schuld. Ich weiß nicht, was dein Vater tun wird“, erklärte Christian dem unglücklichen Gaius.

„Mein Vater ist kein Verräter und kein Mörder!“, sagte Gaius heftig. Er sprang auf. „Ich gehe jetzt sofort zu ihm und stelle ihn zur Rede.“

„Nein!“, protestierte Christian. „Wir müssen uns einen Plan überlegen, wie wir Nero schützen und das Attentat verhindern können.“

Der junge Soldat setzte sich wieder auf seinen Stuhl. „Du hast recht“, meinte er. „Aber wie sollen wir vorgehen? Wer kann uns helfen? Wenn der Auftraggeber von Fabius wirklich ein mächtiger Mann ist, wird es schwierig für uns werden.“

Die Kinder sahen eine Minute schweigend vor sich hin. Dann lächelte Christian. „Gaius, du musst mich zu Nero bringen. Wenn ich ihn treffe, warne ich ihn. Entweder glaubt er mir oder er wird zumindest skeptisch und hält sich vielleicht bei dieser Veranstaltung im Hintergrund.“

Laura musste in diesem Augenblick laut gähnen. Gaius grinste. „Zeit zum Schlafen. Lasst uns lieber morgen in aller Frühe alles besprechen. Ihr seht nicht so aus, als könntet ihr noch viel planen.“

Christian und Lukas nickten. Lukas tat der Kopf immer noch weh, und er hatte eine dicke Beule am Hinterkopf. Christian spürte, wie ihm die Augen fast zufielen.

Als sie hinaus in die klare Septembernacht traten, meinte er plötzlich einen Nebelhauch zu erblicken. „Geht ihr schon mal voraus“, sagte er. „Ich muss schnell noch etwas erledigen.“

Laura sah ihn besorgt an, aber Christian nickte ihr aufmunternd zu. „Ihr könnt ja hinter der Ecke auf mich warten. Aber ich muss mir noch jemanden vorknöpfen.“

Damit ließ er die drei anderen stehen und ging auf den Nebel zu, der direkt vor ihm schwebte. „So, mein Freundchen“, sagte Christian, „und jetzt zu dir!“

DAS SCHWERT DES VERRÄTERS

Ehe Christian den Nebelstreifen erreicht hatte, hörte er schon die Stimme, die ihm vertraut geworden war und sich rechtfertigte: „Ich konnte heute Abend nicht da sein. Es gab etwas zu erledigen, etwas sehr Wichtiges. Aber immerhin habe ich ja Gaius Minor dazu gebracht, euch zu suchen."

„Du bist ein schlechter Geist!", schnaubte Christian wütend. „Große Versprechen, nichts dahinter! Wir hätten ermordet werden können, während du mal wieder etwas zu erledigen hattest. Was war denn so wichtig, dass du uns beinahe in dem Raum hast verrecken lassen?"

„Beruhige dich!", flüsterte die Geisterstimme. „Ich hätte euch nie im Stich gelassen. Aber das Schwert des Verräters war aus dem Versteck verschwunden, und du brauchst es jetzt. Irgendjemand muss es in den letzten Jahren gestohlen haben. Ich musste improvisieren und schnell das Schwert aus deiner Zeit holen."

„Wieso?" Christian fing an sich zu beruhigen. Aber so leicht wollte er es dem Geist nicht machen. „Was für eine Rolle spielt denn das alte Schwert nun schon wieder?"

„Es ist ja das Schwert des Verräters", sagte der Geist. „Der wahre Täter soll es nicht finden, wenn er es in seinem Versteck sucht, sondern du sollst es haben. Ich will sehen, was dann geschieht."

„Wir haben keine Zeit für diese Spiele!", rief Christian. „Eigentlich wollte ich dir vorhin sagen, dass keiner deiner alten Freunde dein Mörder gewesen ist. Aber nun bin ich mir ziemlich sicher, dass Fabius mehr über alles weiß, als er zugibt – oder sogar dein Mörder ist. Auf jeden Fall steckt er tief in der nächsten Verschwörung."

„Ich weiß von dieser Verschwörung", sagte Titus Aristus. „Ich konnte ein Gespräch der drei belauschen. Allerdings kann ich wenig bewirken.

Aber du kannst das Attentat verhindern! Nero darf hier morgen nicht sterben, auch wenn wir wissen, dass er später ein Tyrann wird. Man kann und darf den Lauf der Geschichte nicht ändern! Außerdem besteht jetzt die einzige Möglichkeit, meine Unschuld zu beweisen."

Der Geist schwieg einen Moment. Dann fuhr er fort: „Der Verräter – wer auch immer es ist – wird sein altes Schwert wieder benutzen wollen und es in dem alten Versteck suchen. Und wir müssen endlich den wahren Urheber finden, den Mann, der damals den Verrat an Marcus Caelius geplant hat und nun erneut versucht, Rom Schaden zuzufügen. Er müsste jetzt etwa 65 Jahre alt und ein Mann von einiger Bedeutung sein. Es kommen eigentlich nur zwei Männer infrage: Der eine ist ein entfernter Vetter von Fabius, Lucius Aurelius Apollonius. Er besitzt in Rom große Grundstücke und ist sehr reich. Der andere ist Iulius Ventius Decumius. Er kam als junger Mann nach Germanien, diente kurz in der Legion, in der auch Marcus Caelius als Offizier Karriere machte, und stieg dann in Köln zu einem einflussreichen Bürger auf. Ihm gehören viele Mietshäuser, auch das Haus, in dem sich die Taverne *Zum Goldenen Schwert* befindet. Mit den Steuerabgaben nimmt er es wohl nicht sehr genau. Doch er ist so reich, dass man ihm nicht beikommen kann."

„Was für ein Interesse sollten diese beiden daran gehabt haben, dass Varus seine Schlacht verliert, Marcus Caelius ermordet wird und Nero nun sterben soll?" Christian fühlte sich vom Wortschwall des Geistes etwas überrollt.

Einen Moment lang waberte der Nebel auf und ab, ein Zeichen für Christian, dass sein Geisterfreund unruhig wurde. Dann vernahm er wieder die leise Stimme aus dem Dunst. „Die Mutter von Lucius Aurelius Apollonius entstammte dem Stamm der Eburonen, einem keltischen Volk. Im Jahr 54 vor eurer Zeitrechnung hatte es in dem Grenzgebiet zwischen Eifel und Belgien einen Aufstand gegen Rom gewagt. 10.000 Legionäre wurden damals getötet. Auf Dauer behielten die Römer aber die Oberhand und begannen einen schrecklichen Rachefeldzug gegen die

Eburonen und ihre Verbündeten. Lucius' Mutter kam bei diesem Rachefeldzug, den Cäsar führte, als kleines Kind als Gefangene nach Rom. Sie heiratete Antonius Aurelius Apollonius, mit dem sie vier Kinder bekam, darunter Lucius. Sie hasste Rom und gab diesen Hass an ihre Kinder weiter. Lucius kam als junger Mann nach Castrum Vetera und diente unter Marcus Caelius. Da er fließend mehrere germanische Dialekte und auch das Keltische sprach, setzte man ihn immer wieder als Dolmetscher ein. Er zog mit den Legionen des Varus mit und sollte vor allem übersetzen. Dabei erwies er sich als sehr nützlich. Allerdings kam das Gerücht auf, dass er vor allem an seinen eigenen Vorteil dachte und hinter dem Rücken von Marcus Caelius geheime Absprachen mit den Germanen traf. Er überlebte die Kämpfe, kehrte nach Rom zurück und gilt heute mit seinen 66 Jahren als einer der reichsten Männer der Stadt, der seine Hände in vielen dunklen Geschäften hat. Es würde mich nicht wundern, wenn er immer noch seinen unbändigen Hass gegen Rom hegt. Auch wenn er ja eigentlich von Roms Macht und Reichtum profitiert."

„Und der andere Verdächtige?", fragte Christian, der mit wachsender Neugier zugehört hatte. Wenn dieser Lucius aufgrund der Erziehung seiner Mutter Rom noch immer hasste, wäre er in der Tat verdächtig.

„Der andere?" Der Geist schwieg einige Sekunden. Dann sagte er: „Iulius Ventius Decumius ist wiederum ein entfernter Vetter von mir. Wir waren fast im selben Alter, als wir als Legionäre dienten. Damals war er mir sympathisch. Sein Vater aber, Gaius Ventius, war ein ehrgeiziger, harter Mann, der für seinen Sohn eine große Karriere wollte, Ruhm und Ehre wünschte und zu diesem Zweck jedes Hindernis aus dem Weg räumte. Doch Marcus Caelius hielt nicht sehr viel von Iulius Ventius und widersetzte sich zweimal seiner Beförderung. Das brachte ihm den Hass von Gaius Ventius und Iulius Ventius ein. Iulius Ventius zog nach der Varusschlacht nach Colonia und baute mithilfe des Einflusses und des Geldes seines Vaters ein kleines Imperium auf – Villen, Tavernen, Schiffe, ganze Straßenzüge voller Mietshäuser – das alles gehörte bald Iulius oder besser gesagt seinem Vater. Der starb vor 15 Jahren mit fast 75 Jahren und vererbte seinem Sohn seine Reichtümer. In Rom hat man den Verdacht geäußert, dass Iulius, ähnlich wie Lucius, vor lauter Gier Gesetze missachtet. Agrippina soll erklärt haben, dass sie demnächst eine genaue Aufstellung all seiner Reichtümer und Besitzungen haben möchte. Außerdem war sein Vater ein Anhänger des machthungrigen Präfekten der kaiserlichen Leibgarde, Sejanus, der vor 19 Jahren auf Befehl des Kaisers Tiberius hingerichtet wurde. Seither verabscheute der alte Gaius Ventius das Kaiserhaus. Diesen Hass vererbte er auch seinem einzigen Sohn."

„Und das ist dein Vetter?" Christian war erstaunt.

„Ja, seine Großmutter war die Schwester meines Großvaters, also meine Großtante", seufzte der Geist. „Man kann sich seine Familie ja nicht aussuchen."

„Gut, dann besprechen wir morgen früh weiter unseren Plan, wie wir deinen Fall endlich lösen und zugleich das Attentat verhindern", gähnte Christian. „Ich kann jetzt einfach nicht mehr. Im Gegensatz zu Geistern müssen Menschen auch mal schlafen."

„Sind wir wieder Freunde?", fragte der Geist.

„Ja. Aber lass mich nie wieder im Stich", antwortete Christian.

Als Christian kurze Zeit später um die Ecke bog, wo seine Freunde auf ihn warteten, sah er, dass Laura an eine Mauer gelehnt eingeschlafen war und Lukas sich kaum mehr auf den Beinen halten konnte. Bald schliefen die drei Freunde in ihrer Kammer im Haus von Tante Lucilla, während Gaius Minor sorgenvoll auf den nächsten Tag wartete und in dieser Nacht kein Auge zubekam.

Als Christian aufwachte, wusste er erst gar nicht, wo er sich befand. Er hatte wirre Träume gehabt, in denen ihn gleich mehrere Römer mit blutigen Schwertern verfolgten. Mühsam schlug er die Augen auf. Eine blasse Sonne schien in die kleine Kammer. Mit einem Ruck sprang er von der schmalen Pritsche, die eher einem Brett als einem Bett ähnelte, und weckte rasch die beiden anderen. „Wir müssen uns etwas einfallen lassen", sagte er.

„Aber nicht ohne mein Frühstück", murmelte Lukas, der im Köln der Römerzeit einen erstaunlichen Appetit entwickelt hatte. Das Frühstück verlief schnell und schweigsam. Schließlich schob Lukas seinen Teller von sich, trank noch einen Schluck Wasser und sagte: „So, Christian, jetzt bin ich so weit. Kannst mal erzählen, wie es nun weitergehen soll."

Laura hatte den ganzen Morgen noch nichts gesagt. Sie sah etwas bleich aus. Vielleicht saß ihr noch das Erlebnis vom letzten Abend in den Knochen. Christian warf ihr einen kurzen Blick zu und sagte: „Die Veteranenparade findet am Mittag statt. Ich werde vorher Nero warnen. Dann soll das Schwert irgendwie ins Spiel gebracht werden, ja, und dann soll der Mörder gestehen. Somit ist die Unschuld von Titus Aristus bewiesen, und wir können nach Hause."

„Wie, das ist alles? Und das ist so einfach?" Lukas schüttelte den Kopf. „Wenn du dich da mal nicht geschnitten hast!"

In diesem Augenblick ging die Tür auf, und ein ziemlich übermüdet aussehender Gaius Minor trat ein. Er trug zwar seine Rüstung, doch der Helm saß schief auf seinem Kopf, und er wirkte irgendwie zerfleddert. „Was habt ihr euch überlegt?", fragte er mit dumpfer Stimme.

„Gaius, bitte lass uns noch etwas Zeit. Ich komme dann mit dir zu Nero", sagte Christian. „Aber erst muss ich noch etwas klären."

„Gut, ich warte am kleinen Brunnen", sagte der junge Soldat und verschwand.

Christian ging schnell hinaus und suchte mit zusammengekniffenen Augen nach dem Anzeichen eines Nebelschwadens. Endlich sah er im fahlen Sonnenlicht etwas Dünnes wabern. Sein Geist wartete schon auf ihn.

„Und nun?", fragte Christian.

„Ich verrate dir jetzt, wo das Schwert liegt."

„Wieso kannst du es mir nicht einfach bringen? Du hast es doch sonst immer hin- und hergetragen. Im Museum, in der Laubenkolonie und hier." Christian wurde allmählich ungeduldig mit seinem fast unsichtbaren Gefährten.

„Komm einfach mit und frage nicht immer so viel!“, seufzte der Geist. Wenn er seufzte, konnte man seine Stimme kaum mehr hören. Sie klang wie ein Säuseln und machte Christian richtig nervös.

Also ging er hinter dem Dunsthauch her. Vor einem Haus, das schon bessere Zeiten gesehen hatte, verharrte der Nebel. „Hier ist es“, flüsterte der Geist. „Du musst in den Raum gehen, der früher einmal eine Küche war. Und dort hinter dem Herd in der Wand sind einige Steine locker. Dahinter liegt das Schwert.“

„Wenn du es dahin gelegt hast, kannst du es auch wieder holen“, beharrte Christian.

Der Geist schwieg einen Augenblick und sagte dann: „Dieses Haus hat einst der Mutter von Gaius Magnus gehört. Aber inzwischen wohnt hier niemand mehr, und Iulius Ventius hat es gekauft. Er will alle Häuser in dieser Gasse abreißen lassen und neue, teure Häuser erbauen lassen. Das Haus ist ein ideales Versteck. Ich habe das Schwert genau da versteckt, wo es der Täter ursprünglich hingelegt hatte. Ich konnte von außen einige Mauersteine lockern und es hineinschieben – aber von innen kommst du besser an das Schwert. Gut, dass ich es noch rechtzeitig aus dem Museum holen konnte. Übrigens hat dein Schulfeind Paul das alberne Holzschwert in dem Gartenhäuschen an einem ähnlichen Ort versteckt – hinter dem Herd in der kleinen Küche.“ Der Geist schien zu kichern.

Dann fuhr er fort: „Du musst das Schwert nun holen und es mit zu der Veteranenehrung nehmen. Es hat einen sehr auffälligen Knauf. Dem Mörder von damals wird er auffallen. Und er wird irgendwie reagieren. Er ist der Einzige, der weiß, wo er es damals versteckt hat – wenn du es nun plötzlich besitzt, wird ihn das verunsichern. Vor allem, weil ich vermute, dass er dieses Schwert noch einmal benutzen will – für sein Vorhaben heute. Bestimmt taucht er gleich hier auf, um es zu holen. Wie überrascht muss er sein, wenn er merkt, dass es verschwunden ist, und er es später bei dir sieht.“

„Aber er hat sicher ein anderes Schwert, und das könnte für mich ganz schön gefährlich werden“, warf Christian ein. „Ich kann nicht mit einem Schwert umgehen. Das habe ich nie gelernt. Ich hatte nur mal vor vier Jahren ein paar Stunden Florettunterricht. Doch da haben wir nur ein paar Übungen gemacht. Dann habe ich damals mit Tennis angefangen …“

Der Geist unterbrach ihn. „Du wirst dem Mörder ja nicht alleine gegenüberstehen! Aber seine Reaktion wird das, was du gleich Nero und Seneca erzählst, untermauern.“

Das leuchtete Christian ein. In einem modernen Kriminalfall wäre dieses Schwert als Tatwaffe ein sicheres Indiz für die Polizei, um damit den Täter aufzuspüren. Aber auch im antiken Köln war es ein handfestes Beweisstück. Er fühlte sich zuversichtlicher. Und zudem aufgeregt. Er wollte diese Geschichte zu Ende bringen!

Vorsichtig versuchte er, die Tür zu öffnen. Sie knarrte ganz fürchterlich, ließ sich aber fast mühelos aufstoßen. Feuchte Dunkelheit gähnte Christian an. Langsam trat er über die Schwelle. Er tastete sich im Dunkeln voran und suchte instinktiv die Wand nach einem Lichtschalter ab. Macht der Gewohnheit!

Links öffnete sich ein dämmriger Raum, in den durch ein kleines, mit Holz notdürftig vernageltes Fenster ein wenig Licht fiel. Das war offenbar die Küche gewesen, denn Christian sah Spuren von Ruß an der hinteren Wand und davor ein Ungetüm aus Stein, das sicherlich einmal als Herd gedient hatte. Auf den ersten Blick erkannte Christian an der schwarz verfärbten Wand hinter dem Herd nichts, was auf lose Steine hinwies. Doch als er näher herantrat, entdeckte er einige breitere Fugen, in denen kein Mörtel war. Er zog an einem der Steine. Aber der rührte sich nicht. Auch der zweite blieb fest. Als der dritte Stein sich ebenfalls nicht bewegen ließ, spürte Christian, wie ihm Schweiß von der Stirn tropfte und wieder Zorn auf den Geist in ihm aufstieg. Aber auch Ärger über sich selbst. Er hätte den Geist ja nach dem genauen Versteck fragen müssen …

Christian kniete sich vor die Wand und mühte sich ab, in dem Dämmerlicht irgendetwas Genaueres zu erkennen. Und da sah er es: Nur wenige Handbreit über dem Boden zog sich ein langer, gleichmäßiger Riss durch die grob behauenen Steine. Christian schob seinen Zeigefinger in den Riss und zog. Er hörte leise den rauen Putz bröckeln, und ein länglicher Stein rutschte aus der Wand heraus. In der kleinen Nische lag ein Gegenstand, der Christians Herz höher schlagen ließ: Das Schwert! Vorsichtig löste er es aus seinem Versteck. Es war mit einem grauen Tuch umhüllt. Aber Christian fühlte deutlich die Form des Schwertes, das, wie alle römischen Kurzschwerter, genannt *Gladius*, gerade mal 55 Zentimeter lang und knapp acht Zentimeter breit war. Schnell stand er auf und rückte den Stein wieder an die alte Stelle.

Gerade wollte er die Küche mit seinem Schatz verlassen, als er ein Geräusch vernahm. Es lief ihm eiskalt den Rücken herunter. Wenn das der Attentäter war, der sein altes Schwert aus dem Versteck holen wollte! Christian sah sich panisch um. In der Küche gab es kein Versteck. Er hastete aus dem engen Raum und schlich in den hinteren Teil des kleinen, muffig riechenden Hauses. Auf der rechten Seite war ein winziger Raum, in den Christian hineinschlich. Es roch unangenehm streng darin. Der Junge erinnerte sich, dass er irgendwo gelesen hatte, dass sich die Toiletten in römischen Häusern, vor allem in den Mietshäusern der ärmeren Bevölkerung, ganz in der Nähe der Küche oder gar in der Küche selbst befanden. Er hatte aber keine Zeit, den engen Raum wieder zu verlassen, da die Tür des Hauses sich bereits öffnete.

Jemand ging zielstrebig in die Küche. Christian hielt den Atem an. Jetzt war seine einzige Chance zu flüchten! Er schob sich in den Gang, nahm allen Mut und alle Kraft zusammen und lief so leise er konnte zur Haustür, stieß sie auf und rannte, ohne sich umzuschauen, die Gassen hinunter. Später hätte er nicht mehr sagen können, ob er einen kurzen Aufschrei hinter sich hörte oder ob das nur Einbildung war. Auf jeden Fall hetzte er wie von Dämonen gejagt durch die Straßen und hielt erst wieder an, als er vor Tante Lucillas Haus stand. Er hatte nicht einmal nach dem Geist Ausschau gehalten. Keuchend stützte er sich auf seinen Knien ab. Geschafft!

Leider hatte er natürlich nicht gesehen, wer das Schwert gesucht hatte. Sonst wüsste er bereits, wer der wahre Täter war. Vorsichtig wickelte er das Schwert aus dem grauen Tuch – und erstarrte: Das war gar nicht das Schwert aus dem Museum, das Schwert des Verräters! Dieses Schwert sah völlig anders aus, es besaß einen auffallend schönen Griff aus geschnitztem Elfenbein mit einem Löwenkopf.

Ihm fiel es wie Schuppen von den Augen – dies war das eigene Schwert von Titus Aristus, das er mit dem Schwert des Verräters ausgetauscht hatte. Aber was sollte dieser Tausch?

Christian dachte einen Augenblick nach und dann verstand er: Der Geist wollte, dass er, Christian, mit *diesem* Schwert den Verräter überführte. Wenn der das Schwert des ermordeten Titus Aristus sah, musste er sich vor Schreck verraten! Aber wo war das Schwert mit der blutigen Spitze geblieben? Hatte der Geist es an sich genommen – zu welchem Zweck? Offenbar liebte sein Geist es kompliziert.

Als Christian tief Luft geholt und sein Atem sich wieder beruhigt hatte, trat er in Tante Lucillas Haus. Dort saßen seine Freunde und Gaius Minor, der sehr besorgt aussah. „Da bist du ja endlich!“, riefen alle drei wie aus einem Mund.

Gaius stand als Erster auf. „Ich muss dich jetzt zu Nero bringen.“

Lukas und Laura sahen Christian fragend an. Er nickte ihnen aufmunternd zu. „Alles in Ordnung“, flunkerte er die beiden auf Deutsch an, „ich habe das Schwert des Verräters und mit dem Geist einen Plan ausgeheckt. Ihr solltet mich begleiten, um später in meiner Nähe zu sein.“

Laura war immer noch etwas bleich, aber sie hatte vor Aufregung hektische rote Flecken im Gesicht. Jetzt war es bald so weit! Hoffentlich konnten sie danach endlich wieder in ihre eigene Zeit zurück. Denn so spannend Laura das hier alles fand, so sehr sehnte sie sich nach Hause zurück. Das würde sie zwar nicht laut sagen, doch das Erlebnis am gestrigen Tag in dem finsteren Raum hatte ihre Abenteuerlust erheblich gedämpft.

Gaius Minor ging voraus. Christian hatte sich mehrmals nach dem ihm inzwischen so vertrauten Nebelschwaden umgesehen. Aber er hatte nichts entdecken können und auch keine Stimme mehr gehört. Er fühlte sich plötzlich sehr alleine, auch wenn Lukas und Laura und der gutherzige Gaius Minor bei ihm waren. Es schien aber, als ob sie ansonsten auf sich alleine gestellt waren. Wenn das mal gut ging! Und vor allem: Was würde geschehen, wenn der Plan der Attentäter gelingen würde? Doch gleichzeitig beruhigte sich Christian. Denn er wusste ja, was er im Geschichtsunterricht gelernt hatte. Ansonsten hätte es auch keine Domus Aurea in Rom gegeben und so weiter.

Allerdings blieb die Frage offen, ob sie heute nur den geplanten Anschlag verhindern konnten, oder ob es auch gelang, Titus Aristus von dem Verdacht zu befreien, ein Verräter und Mörder zu sein. Christian wollte schnell den wahren Mörder finden, damit der arme Geist endlich zur Ruhe käme. Er gestand sich ein, dass ihm das Schicksal *seines* Geistes weitaus mehr am Herzen lag als die Zukunft von Nero. Denn er hatte den Geist lieb gewonnen und fühlte mit ihm.

Er atmete tief durch, presste das Schwert fester an sich und folgte Gaius Minor, der nicht ahnen konnte, dass sein Vater Gaius Magnus tiefer in den Verrat verwickelt war, als es bisher schien.

DAS ATTENTAT

Menschen überall. Die ganze Stadt schien auf den Beinen zu sein. Eine riesige Menschenmasse schob sich in Richtung Forum, wo die Veteranenehrung durch Agrippina Minor und ihren Sohn Nero stattfand. Christian hatte einmal gelesen, dass das Forum im antiken Köln ungefähr dort gewesen war, wo heute die Schildergasse, die Hohe Straße und die Gürzenichstraße lagen. Dennoch hätte er niemals alleine den Weg dorthin gefunden. Aber Gaius Minor erwies sich als zielstrebiger Führer durch das Gewirr der Gassen. Bald ragte vor ihnen die Basilika auf, das beeindruckende Gebäude für Gerichtsverhandlungen und Abschlüsse von Handelsgeschäften.

Doch Gaius Minor führte die kleine Gruppe nicht in die Basilika, sondern zu einer unterirdischen Hallenanlage, wo die Ara Ubiorum, der Altar der Ubier, stand. Die Wache am Eingang grüßte und ließ die vier ungehindert passieren. Christian hatte das in ein graues Tuch gehüllte Schwert unter seiner Tunika versteckt. Es wäre eine Katastrophe gewesen, wenn man es bei ihm gefunden hätte und er in Verdacht geraten wäre, Mordgelüste gegen Nero zu hegen.

Nero, Seneca und eine Frau mit einem ausdrucksstarken Gesicht, das von einer großen Nase beherrscht wurde, standen in einer Ecke des großen Raums. Christian ahnte, wer diese Frau war: Agrippina Minor, die Frau von Kaiser Claudius und Mutter von Nero.

Als Nero Christian und die beiden anderen „Markomannen“ erblickte, huschte ein Lächeln über sein etwas verkniffen wirkendes Gesicht. Agrippina hielt sich im Hintergrund, sah aber sehr aufmerksam zu den drei Neuankömmlingen hinüber. Christian wusste nicht, ob er sich vor ihr verbeugen sollte. Wie begrüßte man eine römische Kaiserin? So sagte er einfach nur „Salve!“ und senkte den Kopf. Lukas und Laura ahmten ihn nach.

Nero aber sagte mit einem freundlichen Lachen: „Nicht so schüchtern! Ich habe euch und vor allem dich“, er wandte sich an Christian, „suchen lassen. Du hast mir etwas sehr Interessantes gesagt, als wir uns das erste Mal trafen. Und ich will mehr darüber wissen. Aber natürlich möchten auch meine Mutter und mein Lehrer ein wenig mehr darüber erfahren.“

Christian fühlte sich unbehaglich. Wie sollte er dem Jungen klarmachen, dass er einmal das Römische Reich regieren würde, ohne zu verraten, dass er selbst aus der Zukunft kam? Das würde ihm ohnehin niemand glauben. Viel wichtiger als seine Prophezeiung war, Nero und seine Mutter vor dem Attentäter zu warnen.

Er schluckte und sagte dann: „In meinem Volk, Herr, gibt es große Wahrsager und Priester, die in die Zukunft sehen können.“ Aus den Augenwinkeln sah er, dass Lukas und Laura ihn erstaunt und zugleich amüsiert anstarrten. „Und einer dieser großen Wahrsager hat mir, als ich nach Colonia aufbrach, gesagt, dort sei der künftige Kaiser mit seiner Mutter, der großen Kaiserin Agrippina, zu Besuch. Als ich dich dann getroffen habe, ist mir diese Bemerkung herausgerutscht.“

„Wahrsager?“ Seneca blickte Christian zweifelnd an. Er glaubte nicht an solche Dinge.

Christian bekam plötzlich Angst. Er hatte sich ganz schön weit aus dem Fenster gelehnt mit seiner Wahrsagergeschichte. „Ja, Herr“, sagte er. „Es sind mächtige Wahrsager, die weit in die Zukunft sehen. Sie haben auch vorausgesagt, dass ein späterer Kaiser Roms unser Volk vernichtend schlagen wird.“

Bei diesen Worten versuchte er, zerknirscht dreinzuschauen. Wie gut, dass er vor Kurzem den Film *Gladiator* angeschaut hatte, der mit einer Schlacht der Legionen des Mark Aurel gegen die Markomannen im Jahre 180 beginnt.

Seneca blickte Christian prüfend an, Nero versuchte ein Lächeln zu unterdrücken, und Agrippina hob fragend eine Augenbraue. „In der Tat?“, fragte sie. „Wie heißt dieser ferne Kaiser?“

Das durfte Christian natürlich nicht verraten. Er hatte schon allzu viel gesagt. Bedauernd zuckte er mit den Schultern. „Herrin, das kann ich nicht sagen. Diese Prophezeiung war für uns schon schrecklich genug. Mehr haben uns die Wahrsager auch nicht verraten wollen.“

Er blickte bei diesen Worten so unglücklich drein, dass Nero auf ihn zutrat und freundlich bemerkte: „Du bist nicht mein Feind. Und was die Götter für die ferne Zukunft planen, das wollen wir lieber nicht wissen. Doch was haben deine weisen Männer über mich gesagt?“

Christian sah den gleichaltrigen Jungen fest an. „Sie haben gesagt, dass du ein großer Kaiser wirst, wenn du den Ratschlägen deines Lehrers Seneca folgst und erkennst, dass Macht gut, Güte besser ist.“

Seneca wirkte überrascht, Nero aber lachte laut auf und rief: „Dann werde ich einer der größten Kaiser sein. Denn ich werde immer Senecas Lehren folgen!“

Plötzlich verwandelte sich der arrogant wirkende 13-Jährige in einen normalen Jungen seines Alters, der sich diebisch zu freuen schien. Seneca dagegen sah sehr nachdenklich aus.

Agrippina Minor schien das Gespräch auf einmal zu langweilen. Sie verließ mit einem kurzen Nicken den Saal.

„Sie muss sich für die Parade noch ein bisschen hübsch machen“, kicherte Nero frech.

Christian sah seine Chance gekommen. „Herr“, sagte er, „ich muss dir noch etwas Wichtiges sagen.“

„Was kann es noch Wichtiges geben nach deiner Prophezeiung?“, unterbrach ihn Nero verstimmt.

Christian war erstaunt, wie schnell sich die Laune dieses Jungen änderte. Aber wenn man sein späteres Leben in Betracht zog, überraschte ihn das nicht. Auf der einen Seite war Nero ein Mensch mit besonderen Fähigkeiten, auf der anderen Seite ein Spielball seiner Selbstsucht und

Selbstherrlichkeit, der über alle Stränge schlug und den nach Senecas Tod niemand zu bremsen vermochte.

„Herr“, begann Christian noch einmal, „es ist ein Attentat auf dich geplant. Meine Freunde und ich sind hier, um dich zu warnen und dir zu helfen.“ So, nun war es heraus! Christian atmete tief durch.

Nero starrte Christian fassungslos an, Seneca wurde bleich. „Ein Attentat?“, stammelte der Lehrer Neros.

„Ja, heute während der Veteranenehrung wird jemand versuchen, dich zu töten. Er wurde von einem mächtigen Bürger Roms beauftragt und gekauft. Wir haben durch Zufall davon erfahren.“ Christian sah Nero eindringlich an.

„Woher wisst ihr das?“, fragte Nero, der sich schnell wieder gefasst hatte.

„Wir sind in einer Taverne Zeugen eines Gesprächs geworden, in dem ein Verschwörer von seinen Plänen berichtete und versuchte, zwei weitere Männer für diesen Anschlag zu gewinnen. Wir wissen aber nicht, ob er die beiden überreden konnte.“

„Auf jeden Fall sind sie auch schuldig!“, fauchte Nero. „Denn sie hätten das sofort melden müssen.“

„Herr, es kommt noch hinzu, dass mindestens einer dieser drei Männer schon in der Varusschlacht vor vielen Jahren an einer Verschwörung beteiligt war. Ein Unschuldiger, der nach der Schlacht getötet wurde, wurde damals zum Sündenbock ernannt. Titus Aristus ist sein Name. Er wurde zu Unrecht beschuldigt, den Verrat an seinem Zenturio Marcus Caelius begangen und dessen Mörder geholfen zu haben. Aber er war es nicht! Aristus wurde ermordet, weil er ein Zeuge war, der dem wahren Täter gefährlich werden konnte. Es wurde behauptet, er sei von germanischen Kriegern getötet worden.“

„Ich habe von dieser Geschichte gehört“, sagte Nero abwesend. „Wenn es so ist, wie du sagst, soll das Andenken des Titus Aristus von jedem Makel befreit werden.“ In Gedanken war er jedoch bei seinem eigenen

Schicksal. „Nun ist erst einmal die Parade. Ich werde natürlich dabei sein und die Ehrung der Veteranen selbst durchführen. Keiner soll Roms Kreise stören! Jetzt bin ich gewarnt, und du kannst an meiner Seite bleiben und mir zeigen, wer der Verschwörer ist."

„Das kann ich", sagte Christian. „Aber hinter dem Attentat steht ein anderer Mann, dessen Namen ich nicht kenne. Meine Freunde und ich haben erfahren, dass es derselbe Mann ist, der den Mord an Marcus Caelius in Auftrag gegeben hat."

Neros Gesicht lief vor Zorn rot an. „Und keiner der Spitzel meiner Mutter weiß von diesem Verräter? Niemand ist verdächtig?"

Aufgebracht wandte er sich an seinen Lehrer. „Was sagst du dazu? Da muss ein Markomanne kommen, dessen Volk wir, wie er sagt, wahrscheinlich sogar irgendwann mit unseren Legionen bezwingen werden, und mir von einer Verschwörung gegen mich berichten. Es ist unfassbar!"

Seneca dachte einen Augenblick nach und meinte: „Es scheint, als ob die Götter auf Eurer Seite sind, Nero. Wichtig ist, die Verschwörerbande zu entlarven ohne die Ehrung der Veteranen abzusagen oder Panik in der Stadt auszulösen. Vielleicht hat unser junger germanischer Freund einen Plan?" Er sah Christian mit einem etwas spöttischen Ausdruck an, und Christian hatte das seltsame Gefühl, dass Seneca ahnte, dass er und seine Freunde nicht die waren, für die sie sich ausgaben.

Christian nickte und sprach so leise auf Nero ein, dass nicht einmal seine Freunde ihn hören konnten, die zwar die ganze Zeit in der Nähe gestanden, aber kein Wort gesagt hatten. Nero nickte. „So machen wir es! Aber ich werde trotzdem meine Leibwache verstärken, und vor allem die meiner Mutter. Dein Begleiter Gaius Minor soll in deiner Nähe bleiben. Aber nun sollten wir uns noch ein wenig ausruhen, denn wenn die Mittagssonne an ihrem höchsten Punkt steht, beginnt die Feier."

Nero winkte einem Sklaven zu, der am Eingang gewartet hatte, und befahl ihm, seinen Freunden Essen und Trinken zu bringen. Er selbst wolle sich zurückziehen.

Ehe Seneca mit seinem Schüler den Raum verließ, trat der weise Mann an Christian heran: „Ich weiß nicht, woher du wirklich kommst, Junge", sagte er mit ruhiger Stimme, „aber wer immer dich gesandt hat und woher du auch kommen magst, es scheint, dass ein höheres Schicksal dich zu uns geschickt hat. Ich habe bei dir das seltsame Gefühl, als kämst du aus einem sehr fernen Land oder aus einer anderen Zeit."

Christian wurde blass. Seneca aber lächelte und fuhr fort: „Was immer dein Geheimnis ist, soll es bleiben. Aber du erinnerst mich an einen Traum, den ich unlängst hatte: Ein Junge überreichte mir ein Schwert und erzählte mir, es hätte eigentlich das Herz eines Tyrannen durchbohren sollen. Doch die Zeit sei noch nicht reif gewesen. Ich verstand nicht und fragte, wer denn dieser Tyrann sei. Der Junge wies auf eine Statue, die in der Nähe stand. Es war eine Büste Neros. Jedoch war er kein Kind mehr, sondern bereits ein junger Mann ... Auf einmal verschwand der Junge, und ich stand alleine da und hielt das Schwert in den Händen. Doch ich ließ es fallen, denn nicht Schwerter sind meine Waffe, sondern Worte. Dieser Traum hat mich nachdenklich gestimmt, denn Träume, das habe ich gelernt, sind die Hüter unserer Seelen und das Tor zu einer größeren Wirklichkeit."

Mit einem freundlichen Kopfnicken verließ Seneca den Raum und ließ Christian verwirrt zurück. Christian wäre allzu gerne hinter ihm hergelaufen und hätte ihn gewarnt, dass sein Schüler ihn Jahre später zwingen würde, sich selbst das Leben zu nehmen, und grausam über das Römische Reich herrschen würde. Aber das durfte er nicht. Dennoch spürte Christian, dass Seneca ahnte, dass sein Zögling sich eines Tages gegen ihn wenden würde.

Als die Mittagssonne die Stadt in ein warmes Herbstlicht tauchte, wurden die drei Kinder zur Mitte des Forums geführt, wo sich die Sonne in Hunderten von Helmen und Rüstungen spiegelte. Es herrschte ein Leben und Treiben wie beim Kölner Karneval.

Nero stand aufrecht und selbstbewusst auf einem Podest. Er war in seine prächtige Toga gehüllt, die mit einem breiten Purpurstreifen gesäumt war. Senecas Toga glänzte schneeweiß und Agrippinas Gewand war mit kostbaren Schnallen verziert.

Gaius Minor, der mit den Kindern zum Forum gegangen war, wirkte in sich gekehrt. Doch es konnte auch die Aufregung sein, die den sonst immer so munteren jungen Soldaten verstummen ließ. Christian warf einen Blick auf die Menschenmenge, die sich um die steinerne Bühne drängte. Darauf standen Nero, seine Mutter, Seneca, mehrere hohe Würdenträger der Stadt, zehn Mann Leibwache und die drei Kinder. Noch hatte er weder Marcellus Vincius, Fabius Narvus oder Gaius Magnus entdeckt. Als er seinen Blick auf die Leibwächter in Neros unmittelbarer Nähe richtete, fiel ihm auf, dass einer von ihnen nervös an seiner Unterlippe kaute. Das konnte aber einfach ein Zeichen dafür sein, dass das große Ereignis alle Teilnehmer in Aufregung versetzte.

Zwei hochgewachsene Männer traten auf das Podest und grüßten Nero und seine Mutter ehrerbietig. Der eine trug eine Rüstung, die ihn als Zenturio auswies – und der andere …

Christian wurde fast schwarz vor Augen. Als der Mann sich zu ihm umdrehte, lief die Zeit plötzlich rückwärts. Er sah sich im Traum durch die Domus Aurea hetzen und im Restaurant *Taverna* sitzen, von einer düsteren Vision bedroht und von einem unheimlichen Schatten durch die Kölner Gassen verfolgt. Das war der Mann aus seinen Träumen! Ohne Zweifel! Auch wenn er in den Träumen eine Rüstung getragen und ein Schwert in der Hand gehalten hatte. Christian erkannte die dunklen Augen unter den kräftigen Augenbrauen, das etwas hagere, gut geschnittene Gesicht mit der Adlernase und den immer ein wenig verzerrten Mund eindeutig wieder. Das musste er sein – der Verräter, der Verschwörer, der Drahtzieher des Mordes an Marcus Caelius und des heutigen Anschlags!

„Wer ist das?“, flüsterte Christian Gaius Minor zu. Der sah den Mann in der Toga aus feinstem Stoff kurz an und murmelte: „Das ist Iulius Ventius Decumius, einer der reichsten Männer dieser Stadt. Er hat viel

Geld in den Ausbau von Colonia gesteckt, betreibt aber wohl ziemlich undurchsichtige Geschäfte." Iulius Ventius! Der sogar ein entfernter Vetter des getöteten Titus Aristus war.

Iulius Ventius sah zu Christian hinüber, runzelte kurz die Stirn, als ob ihn etwas irritierte, wandte sich dann aber mit einem liebenswürdigen Lächeln Nero und seiner Mutter zu. Seneca aber hatte Christians Reaktion beobachtet und warf ihm einen fragenden Blick zu. Christian nickte vorsichtig.

In diesem Augenblick ertönten Fanfaren und Trommeln, das Fest begann. Eine Kolonne von ungefähr hundert älteren Legionären marschierte in Reih und Glied auf das Forum und hielt auf das Podest zu. Sie alle trugen ihre Rüstungen und ihren Helm, hatten ihr Kurzschwert an der Seite und sahen aus wie die Statisten in einem der vielen Historienfilme, die Christian so gerne sah. Am Podest blieben sie stehen.

Agrippina begrüßte die „tapferen Männer, die das Reich so oft gegen die Barbaren geschützt hatten und nun für ihren Dienst für ihr Volk ausgezeichnet wurden". Jeder der ehemaligen Legionäre sollte einzeln das Podest betreten und ein Dokument, einen Orden und einen Beutel mit Goldmünzen erhalten.

Nach einem weiteren Fanfarenstoß trat Nero an den Rand des Podests und entrollte ein Pergament. Er las den ersten Namen vor – „Lucius Gravus Ventulus". Ein sehr betagter Mann kletterte mithilfe zweier Soldaten auf das Podest. „Der hat auch die Varusschlacht überlebt", flüsterte Gaius Minor Christian zu.

Es folgten weitere Namen, und ihre Träger stiegen auf das Podest, erhielten das Dokument, den Orden, den Beutel und ein freundliches Lächeln. Christian überkam eine große Müdigkeit. Die Sonne schien gnadenlos von dem wolkenlosen Himmel, das lange Stehen fiel ihm zunehmend schwerer. Aber dann zuckte er zusammen. „Marcellus Vincius!"

Der Wirt der Taverne *Zum Goldenen Schwert* kletterte auf die kleine Bühne. Als er Christian und die beiden anderen Kinder sah, zuckte er zusammen. Dann aber fing er sich und nickte ihnen sogar kurz zu, ehe er mit stolzem Lächeln seine Auszeichnung entgegennahm. Iulius Ventius streifte den Veteranen mit einem gleichgültigen Blick.

Gaius Minor, der in die Menge spähte, um seinen Vater zu entdecken, flüsterte Christian zu: „Das meiste Geld in diesen Beuteln hat Iulius Ventius gestiftet. Er gilt nicht nur als großer Förderer der Stadt, sondern auch als Freund der Legionäre. Mit seinem Geld könnte er sie alle kaufen."

Die nächsten fünf Veteranen kamen und gingen. Dann fiel der Name, auf den Christian gewartet hatte: „Fabius Narvus!"

Langsam holte Christian das Schwert hervor, das ihm der Geist anvertraut hatte, das Schwert mit dem auffallenden Griff aus Elfenbein. Als Fabius Narvus das Podest betrat, fiel sein Blick darauf. Er wurde totenbleich, taumelte für einen Moment, fing sich wieder, nahm seine Ehrung entgegen, warf Christian einen entsetzten Blick zu und stolperte zurück zu seinen Gefährten. Von unten warf er immer wieder verschreckte Blicke auf Christian und das Schwert. Aber ganz offensichtlich war nicht er es, der den Anschlag ausführen sollte. Auch wenn er eindeutig in die alte Sache verwickelt war.

Es folgten zwei weitere Veteranen, die Christian nicht kannte. Dann ertönte der Ruf: „Gaius Magnus!"

Als Gaius Magnus auf das Podest trat, überstürzten sich die Ereignisse. Er hatte sein Schwert aus der Scheide gerissen, das aber nicht das Schwert aus dem Museum zu sein schien. Als er versuchte, sich auf Nero zu stürzen, nahm er aus den Augenwinkeln das Schwert wahr, das Christian gezogen hatte. Wild schrie er auf: „Verfluchter Junge!", und warf sich unkontrolliert auf Christian.

Zwei der bisher reglos verharrenden Leibwächter, darunter der Mann, der hektisch an seiner Unterlippe gekaut hatte, näherten sich Nero, ihre Schwerter zum Schlag erhoben. Aber sofort umzingelten die anderen Soldaten die beiden Männer, zerrten sie zu Boden, entwanden ihnen die Schwerter und zogen sie vom Podest.

Gaius Minor versteinerte, als ihn die Erkenntnis überfiel, dass sein Vater zu den Verschwörern zählte. Gaius Magnus ließ von Christian ab, starrte fassungslos auf Christians Schwert und brüllte voller Qual: „Nein, ich wollte es nicht, ich wollte es nicht! Titus Aristus, ich wollte das alles nicht!“

Ehe ihn jemand festhalten konnte, sprang er schwungvoll vom Podest und hastete durch die Menschenmenge, die viel zu spät reagierte. Er schlug mit seinem Schwert um sich, und die Leute wichen panisch zurück. Dann war er verschwunden – und mit ihm Fabius Narvus, der noch wenige Augenblicke zuvor inmitten der anderen Veteranen gestanden hatte.

TÄTER UND OPFER

Der Tumult auf dem Forum war unbeschreiblich, auf dem Podest herrschte ein heilloses Durcheinander. Nero, Seneca und Agrippina wurden von ihrer Leibgarde weggeführt. Übrig blieben nur die drei Kinder, Gaius Minor, der allmählich aus seinem Schockzustand erwachte, der Zenturio, der Anzeichen machte zu gehen, Marcellus Vincius und Iulius Ventius, der die Kinder mit zusammengekniffenen Augen fixierte. Er beugte sich langsam zu Christian herunter und zischte drohend: „Ich an deiner Stelle würde sofort aus dieser Stadt verschwinden. Sonst ereilt dich doch noch das Schicksal, dem du bisher entkommen bist!“ Nach diesen Worten entfernte er sich mit schnellen Schritten.

Christian fühlte sich beklommen. Iulius Ventius war weg, die beiden Verschwörer waren geflüchtet. Nur Marcellus stand noch bei seinen Kameraden. Christian sprang zu ihm hinunter und fragte: „Marcellus, kennt Ihr dieses Schwert?“

„Ja“, flüsterte dieser mit bleichen Lippen. „Es ist das Schwert von Titus Aristus. Ich würde es überall erkennen mit seinem Griff aus Elfenbein und dem geschnitzten Löwenkopf.“ Dann riss er sich zusammen. „Wo hast du es her? Es war damals nach der Schlacht verschwunden.“

„Sag du mir lieber, wohin deine beiden Freunde geflohen sind!“

Marcellus ließ den Kopf hängen und begann sogleich, sich zu verteidigen. „Ich habe Gaius und Fabius gesagt, dass ich nicht bei dieser Verschwörung mitmache. Beide haben mir versichert, es sei nur eine fixe Idee von ihnen gewesen und sie würden sich auch nicht beteiligen – ich könne mich beruhigen. Aber die beiden haben mich belogen und sich doch bestechen oder erpressen lassen! Sie waren beide in die Ermordung von Marcus Caelius und dem armen Titus Aristus verwickelt! Dabei hat

Gaius Magnus sogar immer behauptet, er habe seinen Sohn nach Titus Aristus benannt.“ Marcellus schluckte.

„Ich glaube dir, Marcellus. Aber wo sind die beiden hin?“, drängte Christian. „Wir müssen sie aufhalten!“

„Sicher versuchen sie, mit dem Boot über den Rhein zu setzen, um ins freie Germanien zu fliehen“, äußerte Marcellus seine Vermutung. Dann raffte er sich auf. „Ich komme mit!“

Christian, Lukas und Laura, die gemeinsam mit Gaius Minor vom Podest geklettert waren, folgten dem schweren Mann, der durch die Gassen zum Rhein stürmte. Marcellus sah grimmig und wild entschlossen aus. Er war durch den Verrat seiner angeblich besten Freunde tief verletzt. Hinter ihnen verebbte der Lärm vom Forum, die Schreie und Rufe der Menschen verstummten. Im Schatten der Häuser kamen sie schnell voran, und bald sahen sie den Rhein vor sich.

Am Ufer schaukelte eine Barke im grüngrauen Flusswasser. „Dort!“, rief Christian aufgeregt und deutete auf das kleine Boot. Gaius Magnus, Fabius Narvus und ein dritter Mann, der aussah wie ein Fischer, lösten gerade das Seil, mit dem die Barke an einem Stein festgebunden war. Christian und Gaius Minor stürmten auf das Boot zu, Lukas und Laura blieben ein Stück zurück. Marcellus musste stehen bleiben, da er kaum mehr Luft bekam.

Christian sprang in dem Augenblick auf das Boot, als es vom Ufer abstieß. Der Fischer stieß einen spitzen Schrei aus und sprang erschrocken ins Wasser. Fabius Narvus tat es ihm nach. Die Strömung riss sie sofort mit sich. Prustend und schnaufend kämpfte Fabius gegen die Wellen. Marcellus zögerte einen Moment, dann hechtete er hinterher. Doch nach wenigen Schwimmstößen musste er umkehren und wurde von Lukas und Laura ans Ufer gezogen. Fabius Narvus trieb ab und verschwand rasch aus ihrem Blickfeld. Marcellus schäumte vor Wut und Ärger.

Gaius Minor war unschlüssig stehen geblieben. Sollte er versuchen, Fabius Narvus zu folgen und ihn aus dem Fluss zu fischen, oder sollte er sich seinem Vater in den Weg stellen? Ehe er sich entscheiden konnte, hatte das Boot bereits an Fahrt gewonnen. Tatenlos stand Gaius Minor am Ufer, neben sich den patschnassen Marcellus und Laura und Lukas. Die beiden sahen entsetzt zu, wie Christian alleine mit Gaius Magnus auf dem Boot war, das sich in der Strömung rasch flussabwärts bewegte.

Mit einer erstaunlichen Gelassenheit blickte Christian dem Mann ins Gesicht, den er niemals für einen Mörder gehalten hatte, sondern höchstens für einen Mitläufer. Eine eigenartige Ruhe überkam ihn, fast ein Hochgefühl. Denn jetzt war endlich die Stunde der Abrechnung gekommen. Wo aber blieb der Geist?

Gaius Magnus sah völlig verändert aus. Nichts erinnerte mehr an den ausgeglichenen älteren Mann aus der Taverne. Seine Augen waren blutunterlaufen, sein einst so freundliches Gesicht zu einer Maske aus Zorn und Hass verzerrt, sein Blick irrte wild zwischen dem Ufer und dem Jungen mit dem Schwert des Titus Aristus hin und her. Sein Sohn versuchte gerade, am Ufer ein weiteres Boot ins Wasser zu lassen, um die Verfolgung aufzunehmen.

Ehe Christian über seine Lage nachdenken konnte, stürzte Gaius sich mit einem dumpfen Schrei und erhobenem Schwert auf ihn. Christian taumelte zurück und fiel hart auf den Boden des Bootes. ‚Das war's dann wohl', dachte er noch, als er auf die Planken krachte.

Doch in diesem Augenblick geschah etwas Unfassbares. Wie vom Himmel gefallen stand auf einmal ein Legionär in Rüstung und Helm zwischen ihm und dem vor Wut rasenden Gaius Magnus. Er hielt das Schwert des Verräters in seiner Faust, das Schwert mit seinem eigenen Blut an der Spitze der Klinge. Gaius Magnus schrie auf und stolperte rückwärts. „Du bist es? Du kannst es nicht sein! Du bist tot! Ich habe dich selbst getötet! Geh weg, Titus, geh weg, du bist tot!", kreischte er mit sich überschlagender Stimme.

Christian vernahm die Stimme, die er schon länger kannte. Ihr Besitzer sprach nicht mehr aus einem Nebelschwaden, sondern stand in

Menschengestalt auf dem schwankenden Boot. „Ja, Gaius, ich bin tot. Ich bin nur ein Geist aus deiner Vergangenheit, der Geist eines Menschen, den du ermordet hast und der nun sein Recht fordert."

Gaius Magnus zitterte am ganzen Körper, als er zu dem Legionär aufsah.

„Warum, Gaius, warum?", fragte der Geist. „Wieso hast du dem Mörder von Marcus Caelius geholfen und weshalb hast du mich getötet?"

„Ich, ich … ich brauchte Geld", stammelte Gaius, „deshalb habe ich mit Fabius dafür gesorgt, dass der Mörder von Marcus Caelius an die Rüstung des Soldaten kam und unerkannt an Caelius herankommen konnte. Aber unser Mann, dessen Rüstung wir stahlen, war schon tot. Damit haben wir nichts zu tun. Das schwöre ich dir! Den hat ein anderer auf dem Gewissen. Fabius Narvus und ich haben Marcus Caelius gehasst, weil er uns immer nur ermahnt und unsere Beförderungen verhindert hat. Auch Iulius Ventius hat er nie vertraut und gefördert. Das hat uns drei zu Schicksalsgenossen gemacht. Fabius Narvus und ich haben dankbar Iulius Ventius' Geld genommen, als er uns zu seinen Komplizen und Mittätern gemacht hat. Er wurde von seinem Vater zu dem Mord aufgestachelt. Die beiden hassten Marcus Caelius und wollten ihn beseitigen, um ihre eigenen Pläne zu verfolgen."

„Und warum musste ich sterben?"

„Du warst immer der Liebling von Marcus Caelius. Er hatte Großes mit dir vor. Wir waren alle neidisch. Als du mich durch Zufall belauscht hast, musste ich dich töten. Außerdem …", Gaius Magnus schluckte schwer, „außerdem hast du dasselbe Mädchen geliebt wie ich: Marcus Caelius' Nichte Tullia. Ich wette, du hättest sie bekommen. Karriere, Liebe, einfach alles fiel dir zu. Und du warst immer so verdammt anständig, unbestechlich, ein richtiger Musterknabe!"

Neid und Hass flammten in den Augen von Gaius Magnus auf. „Ich musste die Gelegenheit nutzen, dich zu beseitigen. Es war leicht, die anderen davon zu überzeugen, dass du der Übeltäter warst. Wir waren alle auf der Flucht, es herrschte Chaos, keiner hatte Zeit und Ruhe, den Fall zu untersuchen. Meine Ziele schienen nach deinem Tod greifbar nah. Ich besaß Geld, und ich hätte Tullia heiraten können. Aber sie wollte mich nicht. Sie hat um dich getrauert, obgleich du als Verräter hingestellt wurdest. Erst viele Jahre später hat sie einen anderen Mann geheiratet. Ich blieb zurück mit meinem Geld und glaubte, mir damit ein schönes Leben aufbauen zu können. Doch böse Träume verfolgten mich, in denen du mich mit dem blutigen Schwert bedrohtest, mit dem ich dich getötet habe, Titus Aristus."

Gaius Magnus hielt inne. Der Geist trat auf ihn zu. Christian hatte sich halb erhoben. Noch immer sah er seinen Geist nur von hinten. „Und was ist geschehen, was dich erneut zum Verräter und Mörder werden ließ?", fragte die heisere Stimme.

„Iulius Ventius ist zu Fabius Narvus gekommen und hat ihm wieder viel Geld geboten. Fabius Narvus hat große Spielschulden. Ich wollte erst nicht mitmachen. Ich führe inzwischen ein ordentliches Leben und habe Familie und einen Sohn, auf den ich stolz bin. Doch Ventius hat gedroht, meine Vergangenheit zu enthüllen. Er wusste, dass ich dein Mörder war, Titus. Mit einem sanften Lächeln hat er mir zu verstehen gegeben, dass er mich seit jener Zeit immer im Auge gehabt und nur darauf gewartet hat, meine Dienste, wie er sagte, wieder in Anspruch zu nehmen!"

Es erleichterte Gaius Magnus, sich alles von der Seele zu reden. „Aus Angst habe ich zugestimmt, damit er meine Familie in Ruhe lässt. Ohnehin", Gaius Magnus sah auf einmal mehr trotzig als schuldbewusst aus, „habe ich diesen verwöhnten Bengel und seine bösartige Mutter noch nie gemocht."

Er sank in sich zusammen. „Aber, Titus Aristus, deinen Tod habe ich bedauert und meine Tat mehr als einmal bereut. Ich habe verdrängt, was damals geschehen ist – bis Iulius Ventius wieder auftauchte und uns in seine dunklen Pläne verwickelte."

„Was für ein Interesse sollte Iulius Ventius daran gehabt haben, sich in die Varusschlacht einzumischen? Und warum wollte er heute Nero ermorden?", wollte der Geist es genauer wissen.

„Er … er gehört zu einer einflussreichen Gruppe von Männern mit wirtschaftlichen Interessen. Sie versuchten schon vor mehr als 40 Jahren, zur Zeit des Imperators Augustus, zu verhindern, dass sich das Reich in Gegenden ausdehnt, wo es nicht viel zu holen gibt. Ihre Devise lautet: Lieber auf das beschränken, was sich bewährt hat. Mit Regionen, die Rom nur belasten, wie das wilde Germanien, soll lediglich Handel betrieben werden. Außerdem gehört Iulius Ventius' Familie zu den Anhängern des mächtigen Sejanus, der Kaiser Tiberius stürzen wollte und deshalb vor 20 Jahren hingerichtet wurde."

Stimmt. Christian erinnerte sich: Der Geist hatte ihm am Abend zuvor schon von Iulius Ventius' Hass gegen das Römische Reich erzählt.

„All das zusammen", fuhr Gaius Magnus mit seinem Geständnis fort, „seine Geldgier und seine Abneigung gegen das römische Kaiserhaus, haben Iulius Ventius seit jeher angetrieben. Außerdem sieht er Colonia als seine Stadt an – er will den Ruhm ernten, wenn sie eines Tages eine der mächtigsten Städte des Reiches ist. Mögliche Gegner räumt er gnadenlos aus dem Weg."

Erschöpft hielt Gaius Magnus inne. Fast flehend blickte er Titus Aristus an: „Verzeih mir!"

Der Geist seufzte hörbar. Er drehte sich zu Christian um. Das erste und das einzige Mal sah Christian sein Gesicht. Es war das eines jungen Mannes mit lebhaften grauen Augen und einem Grübchen im Kinn, ein freundliches Gesicht, wenn auch nicht unbedingt hübsch.

„Christian", begann Titus Aristus. „Jetzt weißt du alles. Wenn du es Nero meldest und Ventius bestraft wird, werde ich meine Ruhe finden. Endlich ist meine Unschuld bewiesen, und ich bin erlöst."

In diesem Moment ertönte ein lautes Platschen, und Christian sah gerade noch, wie Gaius Magnus versuchte, schwimmend zu flüchten, wie sein alter Freund Fabius Narvus. Titus Aristus schien das nicht weiter zu stören. Im Gegenteil. Er nickte und bemerkte: „Das wundert mich nicht. Einmal ein Feigling, immer ein Feigling! Er entzieht sich damit der irdischen Strafe, aber was soll's. Auf Dauer wird er seiner Schuld nicht entkommen."

Christian sah, wie Gaius Magnus trotz seiner Rüstung wacker mit den Fluten kämpfte und dem anderen Ufer stetig näher kam. Der Geist hatte sicherlich recht – auf Dauer würde Gaius Magnus seinen Verbrechen nicht entkommen. Auch wenn er jetzt nicht bestraft werden konnte, hatte er doch alles verloren, was er sich mit dem Blutgeld von einst aufgebaut hatte.

Er selbst wollte nur noch umkehren und zurück an das Kölner Ufer gelangen. Der Geist las seine Gedanken und lächelte. „Ich helfe dir zurück zum Ufer, und dann bin ich fort. Eine Bitte habe ich aber noch an dich: Nimm mein Schwert und bringe es nach Rom, woher es stammt. Da ich kein eigenes Grab habe, begrabe es bitte an der Via Appia unter einer Pinie. Versprichst du mir das?"

„Gerne."

Der Geist betrachtete ihn nachdenklich. „Wir wären in meiner und auch in deiner Zeit gute Freunde geworden. Ach, noch was – das Schwert des Verräters gebe ich dir wieder mit. Ich hatte es an mich genommen und gegen mein Schwert ausgetauscht. Ich wollte verhindern, dass dieses Schwert, das mich einst tötete, noch einmal einen Menschen verletzt oder gar umbringt. Bringe es in dein Köln zurück! Im Museum ist es gut aufgehoben."

Gerne hätte Christian dem Geist noch weitere Fragen gestellt, aber es kam kein Wort über seine Lippen. Er spürte, dass Titus Aristus nur noch für wenige Augenblicke in seiner leiblichen Gestalt neben ihm stehen würde. Diese Zeit wollte er lieber schweigend mit ihm verbringen, als sie mit Reden zu vergeuden.

Der Geist griff zu den Ruderhölzern und manövrierte das Boot mit kräftigen Zügen zurück an das Ufer. Christian hatte dann aber doch noch eine Frage: „Warum konntest du mich hier nie in Räumen treffen, während du in meiner Zeit überall ein- und ausgehen kannst?"

Titus Aristus grinste. „Weißt du, ich bin kein normales Spukgespenst. Ich darf in meiner eigenen Zeit nicht in Häusern, in denen Menschen lebten, umherspuken, um sie nicht zu erschrecken. Ich hatte immer nur das Ziel vor Augen, meine Unschuld zu beweisen. Gott sei Dank war das Schwert in einem verlassenen Haus versteckt, sonst hätte ich nicht unauffällig die Steine der Außenmauer lösen und die Schwerter vertauschen können. Es ist mir auch nur ein Mal erlaubt, meine alte Gestalt anzunehmen und das auch nur unter freiem Himmel. Ich musste den richtigen Augenblick abpassen, um dir im entscheidenden Moment helfen zu können. Ohne mich hätte Gaius Magnus wahrscheinlich nie gestanden. Er hätte entweder versucht, dich zu töten, oder sich bemüht, zu entkommen ohne ein Geständnis abzulegen. Am bedauerlichsten an meinem Zustand war eigentlich, dass ich nie in die Taverne konnte. Na ja, ich hätte ohnehin nichts essen oder trinken können."

‚Seltsames Geistergesetz!', dachte Christian. Dass ein Geist nur draußen sein durfte, das hatte er in den vielen Horrorfilmen, die er schon gesehen hatte, nie erlebt.

Als sie am Ufer ankamen, standen Lukas und Laura da und starrten den jungen Legionär neben Christian fassungslos an. „Das ist Titus Aristus", erklärte Christian mit einem Gefühl des Stolzes.

Seine beiden Freunde grüßten Titus Aristus unsicher. Wie geht man mit einem Geist um, der auf einmal leibhaftig vor einem steht? Den aber schien das nicht weiter zu stören. Er erhob sich von der Ruderbank und sagte: „Bevor ich wieder körperlos werde, möchte ich jedem von euch ein Geschenk geben." Laura überreichte er eine wunderschöne Brosche aus Elfenbein, Lukas eine Goldmünze mit dem Bildnis des Augustus und Christian eine reich verzierte silberne Kleiderschnalle. Die Kinder hatten kaum Zeit zu danken. Ehe sie sich versahen, war der junge Legionär fort, aufgelöst in Nebel und Dunst, der über dem Rhein schwebte.

Wenig später tauchte ein geknickter Gaius Minor auf, der vergeblich versucht hatte, Fabius Narvus zu erwischen. „Er ist mir entkommen. Trotz der Strömung konnte er das andere Ufer erreichen und die Böschung hinaufklettern – und weg war er." Bedrückt begleitete er die Kinder zurück zum Forum.

Dort wartete Nero auf sie. Einmal mehr zeigte sich, wie eigenartig dieser Junge doch war. Erst dankte er den Kindern überschwänglich für seine Rettung aus Mörderhand und versicherte Gaius Minor, er habe nichts zu befürchten, obgleich sein Vater ein Verschwörer sei. Dann schimpfte er lauthals über das Entkommen der beiden Verschwörer und ließ kein gutes Haar an seinen Leibwächtern und seinem Gefolge. Jäh wandte er sich an Christian. „Und wer steckt nun hinter all diesem Theater?"

Christian wusste, dass dies der Moment war, in dem er Titus Aristus endgültig von allen Anschuldigungen befreien konnte, sodass dieser seine Ruhe fand. Er erzählte dem späteren römischen Kaiser vom Geständnis des Gaius Magnus, verschwieg aber, dass dieser seine Schandtaten einem Geist gestanden hatte und nicht ihm.

Nero veranlasste sofort, dass Iulius Ventius verhaftet wurde, ehe dieser auch noch flüchten konnte. „Und welchen Lohn soll ich euch geben?", fragte er dann.

Christian antwortete: „Wir möchten, dass der gute Ruf von Titus Aristus, der damals beschuldigt wurde, der Verschwörer gegen Marcus Caelius gewesen zu sein, wiederhergestellt wird. Er muss von dieser Schuld befreit werden, und man muss seiner in Ehren gedenken."

Nero nickte. „Das soll geschehen. Wir werden im Gedenken an diesen tapferen Soldaten der Varusschlacht ein Opfer im Tempel bringen, und sein Name soll von allem Makel befreit werden."

Zum Abschied drückte er jedem von ihnen eine Goldmünze mit dem Bildnis seines Stiefvaters Claudius in die Hand. Dann verließ sie der Junge, der schon vier Jahre später den römischen Kaiserthron besteigen sollte. Seneca, der die Szene im Schatten einer Säule beobachtet hatte, sah seinem Zögling nachdenklich hinterher. Nach kurzem Zögern folgte er ihm – und damit seinem Schicksal.

Als die Sonne langsam versank, standen die Kinder am Rhein, dort, wo sie vor drei Tagen angekommen waren. Kurz vorher hatten sie ihre römischen Kleider gegen ihre „markomannischen“ umgetauscht. Christian hatte die zwei Schwerter bei sich und trug sie in ein Tuch gewickelt unter seinem Pullover. Sonderbarerweise war der getrocknete Blutsfleck auf dem Schwert des Mörders verschwunden. Er wollte es, wie Titus Aristus gesagt hatte, dem Museum zurückgeben.

Sie hatten ihrem getreuen Freund Gaius Minor, der sie begleitete, erzählt, dass ihre Verwandten sie am Rheinufer abholen und nach Hause bringen würden. Gaius solle nicht warten, denn es könne ein wenig dauern. Sie verabschiedeten sich herzlich. Gaius Minor kämpfte immer noch damit, dass sein Vater zu den Verschwörern gehörte und ein Mörder war. Er war dankbar, dass ihn seine Freunde nicht gebeten hatten, mit auf ihre Verwandten zu warten. Denn er wollte schnell zu seiner Familie, und, wie Christian glaubte, zu Marcella. Ihr Vater Marcellus hatte nur am Rande von den Verbrechen gewusst und aus falsch verstandener Freundschaft geschwiegen.

Man merkte, dass Gaius der Abschied von den Kindern nicht leicht fiel. Dann aber wandte er sich entschieden um und verschwand im Schatten der Häuser.

Kaum war Gaius Minor verschwunden, hörten die Kinder die bekannte Stimme. „Es ist so weit. Ich danke euch! Nun kehrt zurück in eure Zeit und werdet glücklich. Ich wäre gerne länger bei euch geblieben. Jetzt, wo endlich Ruhe in mein Dasein eingekehrt ist.“

Christian fühlte sich auf einmal sehr traurig. Die Geschichte war zu Ende, der Geist erlöst, Nero gerettet, das Attentat auf Marcus Caelius enträtselt, der wahre Drahtzieher entlarvt. Nero hatte keine Sekunde an Iulius Ventius’ Schuld gezweifelt, weil es schon früher Verdächtigungen gegen ihn gegeben hatte. Jetzt wäre es eigentlich schön gewesen, ein paar Tage lang einfach nur Ferien im alten Köln zu verleben.

Doch ehe Christian länger nachdenken konnte, verspürte er einen heftigen Stoß. Er fiel kopfüber in ein Loch, das aussah wie ein Brunnen, und Tausende bunte Farben wirbelten um ihn herum. Plötzlich tauchte in weiter Ferne der Eingang zu der Grabung für den U-Bahn-Tunnel auf, durch den das fahle Licht eines Septembertages in Colonia Ara Claudia Agrippinensiums drang. Willkommen in der Gegenwart!

SIEBEN MONATE SPÄTER

Frühling. Draußen schien eine weiche Aprilsonne. Christian stand im RömerMuseum des Archäologischen Parks Xanten vor dem Grabbild von Marcus Caelius, Opfer von Mord und Verrat, wie er wusste. Im Museum war eine große Sonderausstellung mit dem Titel *Marcus Caelius – Tod in der Varusschlacht* eröffnet worden. Christian hatte seine Eltern überredet, mit ihm, Lukas und Laura hierher zu fahren. Wenige Tage zuvor war er mit seinen Eltern aus den Osterferien zurückgekehrt.

Die seltsamen Abenteuer, die er und seine beiden Freunde erlebt hatten, lagen sieben Monate zurück. Sie erschienen Christian wie ein Traum, obgleich er sich noch sehr genau an alles erinnerte, vor allem an den Moment, in dem Laura, Lukas und er aus dem Bautunnel aufgetaucht waren, staubbedeckt und müde. Herr Ferber stand mit sorgenvollem Gesicht vor dem Eingang. Mehrere Arbeiter hatten sich in seiner Nähe versammelt, und sein Vater wies aufgeregt auf den Mauerspalt. „Hier habe ich sie das letzte Mal gesehen. Vielleicht sind sie in diese Öffnung hineingeschlüpft und verschüttet worden. Oder sie sind in einen anderen Gang geraten und haben sich verirrt." Er klang sehr nervös.

In diesem Moment traten die drei Verschollenen aus dem Tunnel ans Tageslicht. Das Erstaunliche war, dass sie offenbar nur zwei Stunden vermisst gewesen waren und nicht drei Tage. Christians Vater schrie auf, stürzte auf sie zu und riss Christian in die Arme. Die Arbeiter klatschten, und sofort ging die Fragerei los.

Die Kinder hatten sich ihre Antworten bereitgelegt und erzählten, sie seien in einen Seitengang der U-Bahn-Grabung geraten und hätten nicht gleich zurückgefunden. „Sieh mal, was wir da unten zufällig entdeckt haben!", sagte Christian und zog das Schwert des Verräters unter seinem

Pullover hervor. „Das ist doch das Schwert aus dem Museum, oder? Da werden sich Kommissar Schwarz und die Versicherung aber freuen."

„Na so was!" Christians Vater war völlig perplex. „Haben die Räuber das da unten versteckt, um auf bessere Zeiten zu warten? Warum gerade hier?", überlegte er.

Glücklicherweise fragte keiner nach den Einzelheiten. Man schien den Kindern ihre Geschichte abzunehmen. Kommissar Schwarz schloss den Diebstahl des Schwertes erleichtert ab und die Kinder bekamen einen Finderlohn, der erst mal auf ein Sparkonto wanderte.

Christian überkam ein wehmütiges Gefühl, wenn er an die Ereignisse des letzten Sommers und Frühherbstes dachte. In den Herbstferien hatte er den Wunsch von Titus Aristus erfüllt, war mit seinem Schwert zur Via Appia gefahren und hatte es tief unter einer Pinie vergraben. Als er Erde über das Schwert deckte, spürte er einen Tränenkloß im Hals. „Du wirst mir fehlen", flüsterte er. Sicherlich würde er Titus Aristus nie wieder sehen oder hören.

Er hatte ihn nach seiner Rückkehr aus der Vergangenheit noch einmal getroffen. Aus einem Instinkt heraus war Christian in die Katakombe der Severinskirche gegangen, wo er die Stimme des Geistes das erste Mal gehört und die Münze mit Neros Bildnis gefunden hatte.

Vorsichtig strich er über die Mauer der Katakombe, erfüllt von leiser Trauer. Und da hörte er ein letztes Mal die heisere Stimme. Zuerst glaubte er, dass er es sich nur einbildete, weil er es sich so sehr wünschte. Doch die Stimme sagte mit einem leisen Lachen: „Schön, dass du mich vermisst. Du fehlst mir auch. Ich darf heute noch einmal mit dir sprechen. Dann gibt es mich nicht mehr, und ich habe endlich meine Ruhe gefunden. Doch zuvor möchte ich dir erzählen, was nach den Ereignissen damals geschah."

Christian starrte gespannt auf die Mauer und lauschte, was der Geist zu erzählen hatte. „Gaius Magnus und Fabius Narvus sind nie wieder in Colonia oder in der Gegend gesichtet worden. Einem Gerücht zufolge sind sie in den Norden geflüchtet und haben in einer Siedlung an der Weser in der Gegend der heutigen Stadt Bremen eine Taverne im römischen Stil eröffnet. Seltsamerweise habe ich den beiden verziehen. Aber das gehört wohl zu meiner Erlösung dazu. Sicherlich waren sie nicht glücklich in dieser kalten Gegend von Germania Libera, und da sie nicht mehr ganz jung waren, werden sie wohl auch nicht mehr allzu lange ihre Kneipe geführt haben. Iulius Ventius wurde in Rom ein halbes Jahr später hingerichtet. Da gab es keine Gnade. Sein Sohn Lucillus hat alles geerbt und vieles wiedergutgemacht, was sein Vater als eiskalter Geschäftemacher angerichtet hatte. Er ließ ordentliche Mietshäuser zu günstigen Preisen erbauen, hat eifrig den Göttern geopfert und später eine Schule und ein Waisenhaus errichtet. Was aus Nero und aus seiner Mutter wurde, weißt du ja. Und auch was mit dem großen Seneca geschah."

Der Geist fuhr fort: „Gaius Minor musste übrigens nicht für seinen Vater büßen. Er ging für einige Zeit nach Rom, kehrte dann aber nach Colonia zurück, wo Marcella inzwischen die Taverne übernommen hatte. Ihr Vater hatte sich gleich nach den Ereignissen aus dem Geschäft zurückgezogen, da er sich für seine beiden Freunde schämte und sich ebenfalls schuldig fühlte. Marcella und Gaius haben dann, wie nicht anders zu erwarten war, geheiratet. Ihre fernen Nachfahren führen noch heute die Taverne, die inzwischen viele Umbauten, Zerstörungen und Wiedereröffnungen überstehen musste. Aber immerhin – es gibt diese Taverne seit circa 2000 Jahren. Heute ist sie ein italienisches Restaurant. Du hast da auch schon gegessen und Iulius Ventius mit dem Schwert in der Hand gesehen. Dabei hat Iulius Ventius eigentlich nie selbst das Schwert geführt, sondern immer andere gekauft und die Drecksarbeit für sich machen lassen. Doch du stelltest eine große Bedrohung für ihn dar, dich wollte er persönlich im Blick halten. Er hätte dich beseitigt, wärst du nicht rechtzeitig aus Colonia verschwunden und er nicht verhaftet worden."

Der Geist schwieg einen Moment.

„Das ist alles, was ich dir erzählen wollte. Eines noch: Wo immer ich jetzt hingehe, ich werde dich und deine Freunde nicht vergessen."

„Ich werde dich auch nie vergessen“, sagte Christian feierlich.

Er glaubte, den Geist leise lachen zu hören. „Sei nicht traurig. Du hast noch viele schöne Erlebnisse vor dir. Ich wünsche dir eine gute Zeit in Rom und danke dir schon jetzt, dass du meinen letzten Wunsch erfüllst. Daran liegt mir sehr viel, denn Rom ist meine Heimat, auch wenn ich Colonia lieben gelernt habe – vor allem dieses moderne Köln, in dem man das Gedächtnis an uns ‚alte Römer‘ so gut pflegt. Salve, mein Freund.“ Und dann war es totenstill in der Katakombe.

Das lag nun ein halbes Jahr zurück. Seitdem hatte Christian sich in seiner Klasse eingelebt, die letzte Mathearbeit verhauen, weil er lieber mit seinen Freunden herumhing als ernsthaft zu pauken – und Mathe war sein schwächstes Fach. Er spielte, so oft es das Wetter erlaubte, Fußball, und sogar Paul und seine Kumpels waren manchmal beim Bolzen im Stadtpark dabei.

Christians Mutter war endlich nach Köln gezogen, und Christians Eltern suchten jetzt eine größere Wohnung, wobei Christian auf keinen Fall in eine andere Gegend ziehen wollte. Denn er wollte in seiner Schule bleiben.

Eigentlich lief alles ganz gut. Aber der fehlende Kontakt zu Titus Aristus bedrückte ihn.

Christian hatte im Museum schon den sprechenden Helm aufgesetzt, in der vagen Hoffnung, der Geist würde zu ihm sprechen. Aber eine knarrende Stimme erklärte nur über den im Helm eingebauten Kopfhörer, aus welchem Material der Helm gefertigt war, zu welchen Zwecken er getragen wurde und wie sich die Helme einfacher Legionäre von denen ihrer Offiziere unterschieden. Kein Geist mehr, der zu ihm sprach. Auch die beiden Legionäre auf den Videofilmen in den Museumswänden unterhielten sich ganz normal über das Wetter, das Essen und ihre tägliche Arbeit. Kein Gerede über Mord und Verrat.

Mit einem Seufzer trat Christian näher an das Grabbild von Marcus Caelius heran. Und fast wäre es ihm entgangen: Das leichte Lächeln, das für einen kurzen Augenblick über das steinerne Gesicht huschte und schneller verschwunden war, als Christian bis drei zählen konnte. War es nur Einbildung gewesen, vielleicht ein Sonnenstrahl, der auf das steinerne Bild gefallen war und dabei Schatten geworfen hatte? Nein. Christian hatte es ganz genau gesehen, dieses Lächeln, diesmal nur freundlich und ohne jeden Spott. Es war ein Abschiedsgruß von Marcus Caelius an ihn. Dessen war er sich sicher.

Als er wenig später das Museum verließ, um mit seinen Eltern nach Hause zu fahren und abends im Restaurant *Taverna* essen zu gehen – diesmal mit der Gewissheit, dort keinen finsteren Mann in Rüstung mit blutigem Schwert in der Hand sehen zu müssen –, überkam Christian auf einmal das lang ersehnte Gefühl von Ruhe und Zufriedenheit.

Plötzlich wusste er, wo er Titus Aristus, seinen Geist der Katakombe, ganz sicher wiedersehen würde: In seinen Träumen.

ANMERKUNG DER AUTORIN

Es ist nicht bewiesen, dass Nero jemals mit seinem Lehrer Seneca und seiner Mutter Agrippina Minor in deren Geburtsstadt Köln war. Ich habe für das Buch sehr gründlich recherchiert, doch die Geschichte eines Mordkomplotts gegen Marcus Caelius während der Varusschlacht im Jahre 9 und eines geplanten Attentats gegen den jungen Nero 41 Jahre später ist rein fiktiv. Alle anderen historischen Anmerkungen und Hintergründe beruhen auf Tatsachen und sorgfältigen Recherchen.

Die Ausstellung *Marcus Caelius – Tod in der Varusschlacht* fand tatsächlich von April 2009 bis August 2009 im LVR-RömerMuseum im Archäologischen Park in Xanten, von September 2009 bis Januar 2010 im LVR-LandesMuseum Bonn und von März 2010 bis Juli 2010 im Museum und Park Kalkriese statt.

SCHWIERIGKEITEN MIT DEN RÖMISCHEN ZIFFERN?

I = 1
II = 2
III = 3
IV = 4
V = 5
VI = 6
VII = 7
VIII = 8
IX = 9
X = 10
XI = 11
XII = 12
XIII = 13
XIV = 14
XV = 15
XVI = 16
XVII = 17
XVIII = 18
XIX = 19
XX = 20
XXI = 21
XXII = 22
XXIII = 23
XXIV = 24
XXV = 25
XXVI = 26
XXVII = 27
XXVIII = 28
XXIX = 29
XXX = 30
XXXI = 31
XXXII = 32
XXXIII = 33
XXXIV = 34
XXXV = 35
XXXVI = 36
XXXVII = 37
XXXVIII = 38
XXXIX = 39
XL = 40
XLI = 41
XLII = 42
XLIII = 43
XLIV = 44
XLV = 45
XLVI = 46
XLVII = 47
XLVIII = 48
XLIX = 49
L = 50
LI = 51
LII = 52
LIII = 53
LIV = 54
LV = 55
LVI = 56
LVII = 57
LVIII = 58
LVIX = 59
LX = 60
LXI = 61
LXII = 62
LXIII = 63
LXIV = 64
LXV = 65
LXVI = 66
LXVII = 67
LXVIII = 68
LXIX = 69
LXX = 70
LXXI = 71
LXXII = 72
LXXIII = 73
LXXIV = 74
LXXV = 75
LXXVI = 76
LXXVII = 77
LXXVIII = 78
LXXIX = 79
LXXX = 80
LXXXI = 81
LXXXII = 82
LXXXIII = 83
LXXXIV = 84
LXXXV = 85
LXXXVI = 86
LXXXVII = 87
LXXXVIII = 88
LXXXIX = 89
XC = 90
XCI = 91
XCII = 92
XCIII = 93
XCIII = 94
XCIV = 94
XCV = 95
XCVI = 96
XCVII = 97
XCVIII = 98
XCIX = 99

C = 100
CI = 101
CII = 102
CIII = 103
CIV = 104
CV = 105
CVI = 106
CVII = 107
CVIII = 108
CIX = 109
CX = 110
CXI = 111
CXII = 112
CXIII = 113
CXIV = 114
CXV = 115
CXVI = 116
CXVII = 117
CXVIII = 118
CXIX = 119
CXX = 120
CXXI = 121
CXXII = 122
CXXIII = 123
CXXIV = 124
CXXV = 125
CXXVI = 126
CXXVII = 127
CXXVIII = 128
CXXIX = 129
CXXX = 130
CXXXI = 131
CXXXII = 132
CXXXIII = 133
CXXXIV = 134
CXXXV = 135
CXXXVI = 136
CXXXVII = 137
CXXXVIII = 138
CXXXIX = 139
CXL = 140
CXLI = 141
CXLII = 142
CXLIII = 143
CXLIV = 144
CXLV = 145
CXLVI = 146
CXLVII = 147
CXLVIII = 148
CXLIX = 149
CL = 150
CLI = 151
CLII = 152
CLIII = 153
CLIV = 154
CLV = 155
CLVI = 156
CLVII = 157
CLVIII = 158
CLIX = 159
CLX = 160
CLXI = 161
CLXII = 162
CLXIII = 163
CLXIV = 164
CLXV = 165
CLXVI = 166
CLXVII = 167
CLXVIII = 168
CLXIX = 169
CLXX = 170
CLXXI = 171
CLXXII = 172
CLXXIII = 173